O VERÃO QUE MUDOU MINHA VIDA

O VERÃO QUE MUDOU MINHA VIDA

Jenny Han

TRADUÇÃO DE MARIANA RIMOLI

Copyright © 2009 by Jenny Han
Publicado mediante acordo com Folio Literary Management, LLC
e Agência Riff

TÍTULO ORIGINAL
The Summer I Turned Pretty

EDIÇÃO
Cristiane Pacanowski | Pipa Conteúdos Editoriais

PREPARAÇÃO
Rayssa Galvão

REVISÃO
Milena Vargas
Juliana Werneck
Mariana Bard

DIAGRAMAÇÃO
Julio Moreira | Equatorium Design

CIP-BRASIL. CATALOGAÇÃO NA FONTE
SINDICATO NACIONAL DOS EDITORES DE LIVROS, RJ

H197v

    Han, Jenny, 1980-
O verão que mudou minha vida / Jenny Han ; tradução Mariana
Rimoli. - 1. ed. - Rio de Janeiro : Intrínseca, 2019.
    240 p. ; 21 cm.

    Tradução de: The summer I turned pretty
    ISBN 978-85-510-0444-9

    1. Ficção americana. I. Rimoli, Mariana. II. Título.

18-53467

CDD: 813
CDU: 82-3(73)

[2019]

Todos os direitos desta edição reservados à
EDITORA INTRÍNSECA LTDA.
Av. das Américas, 500, bloco 12, sala 303
22640-904 – Barra da Tijuca
Rio de Janeiro – RJ
Tel./Fax: (21) 3206-7400
www.intrinseca.com.br

Para todas as irmãs importantes na minha vida, especialmente Claire.

— Não acredito que você está aqui — falei.

— Nem eu. — Ele tinha um ar quase tímido, hesitante. — Você ainda vem comigo?

Ele nem precisava perguntar. Eu iria a qualquer lugar com ele.

— Sim — respondi.

Era como se nada mais existisse além daquela palavra, além daquele momento. Só havia nós dois. Tudo que tinha acontecido no verão anterior, e em cada verão antes daquele, nos levara até ali. Até agora.

1

Estávamos na estrada fazia uns sete milhões de anos — pelo menos era o que parecia. Meu irmão, Steven, dirigia mais devagar que nossa avó. Eu estava sentada ao seu lado, com os pés no painel, enquanto minha mãe ia no banco de trás, apagada. Ela parecia alerta mesmo enquanto dormia, como se pudesse acordar a qualquer momento para assumir a direção.

— Vai mais rápido! — pedi, cutucando o ombro dele. — Vamos ser deixados pra trás por aquela criança na bicicleta.

Steven se esquivou de mim.

— Nunca encoste no motorista. E tire esses pés sujos do meu painel.

Balancei os dedos dos pés; para mim estavam limpinhos.

— O painel não é seu. E o carro daqui a pouco vai ser meu, lembra?

— Isso se você algum dia conseguir tirar a carteira de motorista — zombou ele. — Acho que pessoas como você deveriam ser proibidas de dirigir.

— Ei, olha ali! — comentei, apontando pela janela. — Aquele cara na cadeira de rodas acabou de ultrapassar a gente!

Steven me ignorou, então comecei a mexer no rádio. Uma das minhas partes favoritas de viajar para a praia eram as estações de rádio de lá. Elas eram tão familiares para mim quanto as que eu ouvia em casa, por isso sentia como se já tivesse chegado ao nosso destino.

Encontrei minha estação preferida, que tocava de tudo, de pop e clássicos a hip-hop. Tom Petty estava cantando "Free Fallin'", e comecei a acompanhar:

— *She's a good girl, crazy 'bout Elvis. Loves horses and her boyfriend too.*

Steven tentou trocar de estação, mas dei um tapa na mão dele.

— Belly, é que sua voz me dá vontade de jogar o carro no mar — explicou ele, fingindo dar uma guinada para a direita.

Cantei ainda mais alto, o que acordou minha mãe, que também se juntou à cantoria. Nós duas tínhamos vozes terríveis, e Steven balançou a cabeça daquele jeito intragável dele. Meu irmão detestava quando nos uníamos contra ele; era o que ele mais odiava na história do divórcio: ter se tornado o único homem na família e não poder mais contar com nosso pai para apoiá-lo nesses momentos.

Por mais que eu implicasse com Steven, na verdade não me importava muito com a lerdeza dele. Eu adorava aquela estrada, aquele momento. Ver a cidadezinha de novo, o restaurante de frutos do mar, o campo de minigolfe, as lojas de surfe... Era como voltar para casa depois de ter passado muito tempo fora. E o verão estava cheio de promessas e possibilidades.

Conforme nos aproximávamos da casa, eu sentia a vibração familiar no peito. Estávamos quase chegando.

Abaixei o vidro do carro e deixei que todas aquelas sensações entrassem. O ar tinha o mesmo gosto e o mesmo cheiro de sempre. O vento que deixava meu cabelo pegajoso de maresia, a brisa salgada do mar... tudo parecia igual. Como se tivesse ficado à minha espera.

Steven me cutucou com o cotovelo.

— Está pensando no Conrad, é? — perguntou, debochado.

Pela primeira vez em muito tempo, a resposta veio com facilidade:

— Não.

Minha mãe enfiou a cabeça entre os dois bancos da frente.

— Belly, você ainda gosta do Conrad? Pelo andar da carruagem, achei que tinha rolado alguma coisa entre você e o Jeremiah no verão passado.

— O QUÊ? O Jeremiah? — Steven parecia enojado. — O que aconteceu entre vocês dois?

— Nada — afirmei, me dirigindo aos dois, sentindo o sangue correndo para minha cabeça. Queria já estar bronzeada, para esconder o rubor. — Mãe, não é porque duas pessoas são amigas que tem alguma coisa rolando. Por favor, pare de ficar insinuando essas coisas.

Minha mãe se recostou de volta no banco traseiro e, em um tom que dava a entender que o assunto estava encerrado — que nem a insistência de Steven conseguia reverter —, disse:

— Certo.

No entanto, como Steven era Steven, ele tentou mesmo assim:

— Mas o que aconteceu entre vocês dois? Sério, não tem como largar uma bomba dessas e depois mudar de assunto!

— Deixa isso pra lá — retruquei.

Revelar qualquer coisa só daria mais munição para meu irmão implicar comigo. E, além do mais, eu não tinha o que contar. Nunca tive, para ser bem sincera.

Conrad e Jeremiah eram filhos da Beck — que na verdade era Susannah Fisher, ex-Susannah Beck, e só minha mãe a chamava de Beck. As duas se conheciam desde os nove anos e diziam que eram irmãs de sangue. Tinham até cicatrizes para provar: marcas idênticas em forma de coração no pulso.

Susannah me contou que no dia em que nasci ela soube que eu namoraria um de seus filhos. Disse que era o destino. Minha mãe, que em geral não acredita nessas coisas, concordou que seria mesmo perfeito, contanto que eu tivesse pelo menos alguns outros namorados antes do casamento. Na verdade, ela disse "amantes", mas a palavra me incomodava. Susannah segurou meu rosto e declarou:

— Belly, você tem minha bênção eterna. Odiaria perder meus meninos para qualquer outra mulher.

Passávamos o verão na casa de praia da Susannah, em Cousins Beach, todos os anos desde que eu era um bebezinho — até mesmo antes de eu nascer, na verdade. Eu gostava mais da casa do que da cidadezinha propriamente dita. Aquela casa era meu mundo. Tínhamos nosso próprio pedaço de praia e havia mais uma porção de coisas legais: a varanda enorme ao redor da construção onde apostávamos corrida, as jarras de chá gelado, os banhos de piscina à noite... e os meninos, acima de tudo.

Sempre me perguntei como os meninos ficavam em dezembro. Tentava imaginá-los com cachecóis vermelhos, suéteres de gola alta e bochechas rosadas, perto da árvore de Natal, mas nunca conseguia. Eu não conhecia a versão de inverno do Jeremiah e do Conrad e invejava todas as pessoas que já os tinham visto nos meses mais frios. Para mim restavam os chinelos, os narizes vermelhos de sol, os calções de banho e a areia. Mas e todas aquelas garotas da cidade que ficavam com as batalhas de bolas de neve no bosque? Que se aconchegavam neles enquanto esperavam o carro esquentar? Para quem eles emprestavam o casaco quando estava frio? Bem, talvez Jeremiah emprestasse. Conrad não era disso. Conrad nunca faria nada do tipo, não era o estilo dele. Mesmo assim, não parecia justo.

Eu ficava sentada perto do aquecedor nas aulas de história imaginando o que eles estariam fazendo, se também estariam esquentando os pés em outro lugar. E contava os dias para o verão começar. Para mim, era quase como se o inverno nem existisse; só o verão realmente importava. Minha vida era contada em verões. Como se eu não vivesse de verdade até junho, até estar naquela praia, naquela casa.

Conrad era um ano e meio mais velho que o irmão; um menino muito, muito, muito sombrio, totalmente inalcançável. Tinha sempre um sorrisinho torto — e eu não conseguia parar de olhar para sua boca. Era o tipo de boca que dava vontade de beijar, para amaciar os lábios e acabar de vez com aquele sorrisinho. Bem, talvez não *acabar de vez*... Mas era o tipo de boca que dava vontade de controlar. De conquistar para si. E era exatamente o que eu queria: que Conrad fosse meu.

★ ★ ★

Com Jeremiah era diferente. Jeremiah era meu amigo, ele era legal. O tipo de garoto que ainda abraçava a mãe e aceitava ficar de mãos dadas com ela mesmo tecnicamente sendo velho demais para isso. Ele não ficava com vergonha. Jeremiah Fisher estava ocupado demais se divertindo para sentir vergonha de alguma coisa.

Aposto que Jeremiah era mais popular que Conrad no colégio. Acho que as garotas gostavam mais dele. Acho que, se não fosse pelo futebol americano, Conrad não chamaria muita atenção; seria só um garoto quieto e mal-humorado, não um deus do esporte. E eu gostava daquilo. Gostava daquele Conrad que preferia ficar sozinho, tocando violão. Como se estivesse acima daquelas idiotices da escola. Eu gostava de pensar que, se Conrad fosse estudar no meu colégio, não jogaria futebol; ele entraria para o jornal da escola e se interessaria por alguém como eu.

Quando finalmente chegamos à casa, encontramos Jeremiah e Conrad sentados na varanda. Eu me debrucei por cima de Steven e toquei a buzina duas vezes, o que, na nossa linguagem de verão, significava: *Venham nos ajudar com as malas, câmbio.*

Conrad acabara de completar dezoito anos. E estava mais alto do que no verão anterior, se é que era possível, com o cabelo bem curto e mais escuro do que nunca. Já Jeremiah deixara o cabelo crescer e parecia um pouco desleixado — mas no bom sentido, tipo um jogador de tênis da década de 1970. Quando era mais novo, Jeremiah tinha o cabelo cacheado e tão loiro que ficava quase platinado no verão. Ah, mas ele odiava os cachinhos. Teve uma época em que Conrad o convenceu de que era a casca do pão que fazia o cabelo enrolar, e Jeremiah passou a deixar todas as bordas dos sanduíches para o irmão. À medida que ele foi crescendo, o cabelo foi ficando menos encaracolado e mais ondulado. Eu sentia falta dos cachos; Susannah o chamava de anjinho, e ele parecia mesmo um anjo, com as bochechas rosadas e os cachinhos dourados. Bem, ao menos ainda tinha as bochechas rosadas.

Jeremiah fez um megafone com as mãos e gritou:

— Stevieee!

Fiquei sentada no carro, enquanto Steven ia até eles num passo tranquilo e os três se abraçavam daquele jeito de garoto. O ar estava salgado e úmido, como se a qualquer momento fosse começar a chover água do mar. Fingi que amarrava o cadarço do tênis, mas na verdade só queria um tempo sozinha para admirar um pouco os meninos e a casa. Era uma construção grande, cinza e branca, igual a todas as outras da rua, só que melhor. Exatamente do jeito que eu achava que uma casa de praia deveria ser. Parecia um lar.

Minha mãe também saiu do carro.

— Oi, meninos. Cadê a mãe de vocês?

— Oi, Laurel. Ah, ela está só tirando um cochilo — respondeu Jeremiah.

Susannah quase sempre vinha correndo nos cumprimentar assim que estacionávamos.

Minha mãe os alcançou em três passos e deu abraços apertados nos dois garotos. O abraço dela era firme e vigoroso, assim como seu aperto de mão. Ela entrou, os óculos escuros no topo da cabeça.

Saí do carro e pendurei a mochila no ombro. Eles não repararam que eu estava chegando, pelo menos a princípio. Até que me viram. E me viram *de verdade*. Conrad deu uma olhada que costumo receber dos caras no shopping. Ele nunca tinha me olhado daquele jeito, e eu já sentia o rubor voltando. Jeremiah precisou olhar duas vezes, como se não me reconhecesse. Isso tudo durou uns três segundos, mas pareceu muito mais tempo.

Conrad me abraçou primeiro; era um abraço frio e cauteloso, que mantinha distância. Tinha cortado o cabelo havia pouco tempo, e a pele ao redor da raiz e do pescoço estava rosada como a de um bebê. Ele tinha cheiro de mar. E cheiro de Conrad.

— Prefiro você de óculos — comentou ele, com os lábios bem perto da minha orelha.

Fiquei magoada. Eu o afastei e respondi:

— Bom, azar o seu. As lentes de contato vieram pra ficar.

Ele sorriu para mim. E aquele sorriso... simplesmente me ganhou. O sorriso do Conrad sempre me ganhava.

— Acho que você arranjou umas pintinhas novas — completou, encostando a ponta do dedo no meu nariz.

Ele sabia que eu detestava minhas sardas e sempre fazia questão de me provocar.

Então Jeremiah me abraçou, quase me levantando.

— Nossa, a Bellynha cresceu — cantarolou.

Dei uma risada.

— Me bota no chão! Você está com cecê!

Jeremiah riu.

— Ah, aí está a velha Belly — retrucou ele, mas continuou me encarando como se não tivesse certeza de quem eu era. Inclinou a cabeça, comentando: — Tem alguma coisa diferente em você.

Fiquei na defensiva.

— O quê? Só estou usando lentes de contato.

Eu também ainda não estava muito acostumada com minha aparência sem os óculos. Minha melhor amiga, Taylor, tentava me convencer a usar lentes desde o sexto ano, e eu finalmente cedera.

Jeremiah sorriu.

— Não é isso. Você está diferente.

Voltei para o carro, e os garotos foram atrás. Tiramos as coisas do porta-malas; assim que terminamos, peguei minha mala e minha bolsa de livros e fui para meu antigo quarto. Aquele cômodo fora da Susannah quando ela era mais nova. O papel de parede estava desbotado, e o quarto tinha móveis brancos e uma caixinha de música que eu amava. Quando aberta, uma bailarina rodopiava ao som da música-tema do filme *Romeu e Julieta* (mas a versão antiga). Eu guardava minhas bijuterias ali. Tudo naquele quarto era velho e desbotado, mas eu o adorava. Parecia esconder segredos nas paredes, na cama com dossel e, principalmente, na caixinha de música.

Precisei fazer uma pausa para recuperar o fôlego depois de finalmente rever Conrad, ainda mais depois *daquela olhada* que ele me deu. Abracei o urso-polar de pelúcia que ficava em cima da cômoda. O nome dele era Junior Mint, mas, para mim, era só Junior. Eu me sentei com o ursinho na cama de solteiro; meu coração batia tão alto que dava até para ouvir. Tudo estava igual, mas diferente. Os dois tinham me olhado como se eu fosse uma garota de verdade, não a irmã mais nova de um amigo.

2

Doze anos

Foi aqui nesta casa que tive o coração partido pela primeira vez. Eu tinha doze anos.

Era uma das raras noites em que os meninos não estavam todos juntos: Steven e Jeremiah tinham saído para uma pescaria noturna com uns garotos do fliperama, mas Conrad recusara o convite. Eu nem tinha sido convidada, claro. Então nós dois ficamos.

Quer dizer, não *ficamos*. Só estávamos na mesma casa.

Eu estava lendo um livro no meu quarto, com os pés apoiados na parede, quando Conrad entrou. Ele me olhou e perguntou:

— Belly, o que você vai fazer hoje à noite?

Fechei o livro mais que depressa e respondi:

— Nada.

Tentei manter a voz neutra, sem demonstrar muita empolgação ou ansiedade. Tinha deixado a porta aberta de propósito, na esperança de que ele entrasse.

— Quer passear no calçadão? — convidou Conrad, um tanto indiferente, talvez indiferente até demais.

Ali estava: o momento pelo qual eu vinha esperando. Finalmente tinha idade suficiente para aquilo. Parte de mim já sabia que eu estava pronta. Olhei para Conrad com quase tanta indiferença quanto ele demonstrou ao me fazer o convite.

— Pode ser. Estou com desejo de comer maçã do amor.

— Eu compro uma pra você. Mas tem que ser rápido, só vista uma roupa e vamos. Nossas mães vão ao cinema e podem deixar a gente lá no caminho.

— Ok — respondi, me sentando na cama.

Assim que Conrad saiu do quarto, fechei a porta e corri para o espelho. Soltei a trança e escovei o cabelo — que batia quase na cintura. Tirei o maiô e vesti um short branco e minha blusa cinza preferida, a que meu pai dizia que combinava com meus olhos. Passei um pouco de gloss de morango e guardei o tubinho no bolso, para mais tarde. Caso eu precisasse retocar.

No carro, Susannah não parava de sorrir para mim pelo retrovisor. Olhei para ela com uma cara de "Fique quieta, por favor", mas querendo retribuir o sorriso. Conrad não estava prestando atenção. Passou o percurso inteiro olhando pela janela.

— Divirtam-se, crianças — disse Susannah, dando uma piscadinha quando fechei a porta.

Conrad comprou a maçã do amor para mim, mas só quis beber um refrigerante. Em condições normais, ele comeria pelo menos duas maçãs do amor, ou talvez uma porção de churros. Mas parecia nervoso, o que me deixou menos nervosa.

Quando caminhamos pelo calçadão balancei o braço bem perto dele — vai quê... Mas Conrad nem encostou em mim. Era uma daquelas noites de verão perfeitas, com brisa fresca e nenhum sinal de chuva. Choveria no dia seguinte, mas naquela noite só tinha um ventinho gostoso vindo do mar.

— Vamos parar aqui pra eu comer minha maçã — pedi, e nos sentamos em um banco virado para o mar.

Mordi a maçã com cuidado, com medo de que o caramelo grudasse nos dentes. Como iria beijá-lo toda suja de caramelo?

Conrad tomou a Coca fazendo bastante barulho com o canudo e olhou o relógio.

— Quando você terminar, vamos na barraca das argolas.

Ele queria ganhar um bicho de pelúcia para me dar! Eu até já sabia qual ia escolher: o urso-polar com óculos de arame e cachecol. Eu tinha passado o verão inteiro de olho naquele urso. Já conseguia até me imaginar me exibindo para Taylor. *Ah, esse ursinho? Conrad ganhou pra mim.*

Devorei o resto da maçã do amor em duas mordidas.

— Pronto! — anunciei, limpando a boca com a mão. — Vamos lá.

Conrad foi direto para a barraca, e tive que andar bem depressa para acompanhar seu passo. Como sempre, ele estava meio calado, então eu comecei a falar mais que o normal, para compensar.

— Acho que quando a gente voltar minha mãe vai finalmente assinar alguma TV a cabo. Já faz séculos que Steven e meu pai estão tentando convencê-la. Ela diz que é contra televisão, mas sempre assiste aos filmes do A&E quando estamos aqui. É tão hipócrita...

Minha voz foi morrendo quando notei que Conrad nem me ouvia. O olhar dele estava vidrado na garota que trabalhava na barraca das argolas.

A garota parecia ter uns quinze anos, e a primeira coisa em que reparei foi no short dela. Era amarelo-canário e muito, muito curto. Exatamente igual ao que eu tinha usado dois dias antes e que gerara tantos comentários debochados dos meninos. Eu havia ficado tão feliz quando comprei aquele short com Susannah, e os meninos só riram da minha cara. Na menina da barraca das argolas, ficava bem melhor.

As pernas dela eram finas e cheias de sardas, assim como os braços. Tudo nela era fino, até os lábios. A garota era ruiva, com o cabelo longo e ondulado, mas o tom dos fios era tão claro que parecia quase cor de pêssego. Acho que era o cabelo mais bonito que eu já tinha visto. Estava repartido para o lado, e era tão comprido que ela não parava de jogá-lo para trás, porque os fios caíam no rosto sempre que entregava as argolas para alguém.

Conrad tinha ido ao calçadão por causa dela. E havia me levado porque não queria ir sozinho, mas também não queria que Steven e Jeremiah soubessem e enchessem seu saco. Era por isso. Era essa a razão. Dava para ver pela forma como ele a olhava, quase prendendo a respiração.

— Você conhece essa garota? — perguntei.

Conrad me olhou espantado, como se tivesse esquecido que eu estava ali.

— Hã? Não, não conheço.

Mordisquei o lábio.

— Bem, quer conhecer?

— O quê?

Ele parecia confuso, e fiquei bem irritada.

— Quer conhecer aquela menina? — perguntei, impaciente.

— Pode ser.

Eu o puxei pela manga até a barraca.

A garota sorriu para nós, e eu retribuí com um sorriso forçado. Pura falsidade.

— Quantas argolas?

A garota usava aparelho, mas nela ficava bonito, como se fossem joias, não um instrumento ortodôntico.

— Vamos querer três — respondi. — Gostei do seu short.

— Obrigada!

Conrad pigarreou.

— É bem bonito.

— Pensei que fosse achar curto demais como achou o short exatamente igual a esse que eu usei anteontem. — Virei para a garota. — Conrad é muito protetor, sabe? Você tem irmãos mais velhos?

— Não. — Ela riu. E perguntou a Conrad, se exibindo: — Acha curto demais?

Ele ficou vermelho. Eu nunca tinha visto Conrad ficar vermelho, nunca, em todo aquele tempo que nos conhecíamos. E tive a sensação de que não veria de novo. Fiz uma grande encenação olhando o relógio e disse:

— Con, vou dar uma volta na roda-gigante antes que a gente vá embora. Mas ganhe um prêmio pra mim, está bem?

Ele assentiu, ansioso, e eu me despedi da garota. Saí andando na direção da roda-gigante o mais rápido que pude, para que eles não me vissem chorar.

Mais tarde, soube que a garota se chamava Angie. Conrad acabou ganhando o urso-polar com óculos e cachecol. Segundo Angie, aquele era o melhor prêmio da barraca, e Conrad achou que eu também fosse gostar. Falei que teria preferido a girafa, mas agradeci mesmo assim. Batizei o urso de Junior Mint e o deixei em seu lugar de direito, na casa de praia.

3

DESFIZ AS MALAS E FUI DIRETO PARA A PISCINA, ONDE EU SABIA QUE encontraria os meninos. Os três estavam deitados nas espreguiçadeiras, balançando os pés sujos para fora.

Jeremiah deu um pulo assim que me viu.

— Senhoooras e senhooores! — começou, em uma voz teatral, inclinando o corpo para a frente como um apresentador de circo. — Está aberta a temporada de lançamento da Belly deste verão!

Hesitei, tentando fugir, mas, se eu fizesse algum movimento brusco, eles partiriam para cima de mim e me perseguiriam até conseguirem me pegar.

— Nem pensar! — retruquei.

Conrad e Steven também se levantaram, formando um círculo ao meu redor.

— Você não pode quebrar a tradição — declarou Steven.

Conrad só abriu um sorrisinho malévolo.

— Estou velha demais pra isso — argumentei, desesperada.

Tentei dar uns passos para trás, mas eles me pegaram. Steven e Jeremiah seguraram meus braços.

— Parem com isso, garotos! — pedi, tentando me soltar.

Firmei os pés no chão, só que eles me arrastaram mesmo assim. Sabia que seria inútil resistir, mas sempre tentava, mesmo arranhando a sola dos pés no chão.

— Pronta? — perguntou Jeremiah, passando as mãos por baixo dos meus braços e me levantando.

Conrad segurou meus pés. Steven pegou meu braço direito e Jeremiah ficou com o esquerdo. Eles me balançaram para os lados, como se eu fosse um saco de farinha.

— Eu odeio vocês três! — gritei, em meio às risadas deles.

— Um! — começou Jeremiah.

— Dois! — continuou Steven.

— E três! — encerrou Conrad.

Eles me jogaram na piscina, de roupa e tudo. Caí como uma bomba, fazendo um barulhão. Dava para ouvir as gargalhadas deles mesmo debaixo d'água.

Essa história de lançamento da Belly era muito antiga. Devia ter sido ideia do Steven. E eu odiava. Mesmo que fosse uma das únicas ocasiões em que eles me incluíam na brincadeira, eu odiava ser o brinquedo. Ficava me sentindo impotente, e era um lembrete de que eu não fazia parte do grupo, de que era fraca demais para ganhar deles, tudo porque eu era menina. Porque era a irmãzinha de alguém.

Eu sempre chorava e corria para Susannah e para minha mãe, mas não adiantava. Os garotos me chamavam de fofoqueira. Só que daquela vez eu não ia chorar. Demonstraria um pouco de espírito esportivo. Pensei que, se fingisse levar na boa, a brincadeira talvez perdesse um pouco a graça.

Quando retornei à superfície, abri um sorriso enorme e comentei:

— Nossa, vocês parecem que têm dez anos.

— E vamos parecer sempre — retrucou Steven, satisfeito, e me deu vontade de afogar aquela cara presunçosa dele junto com seus preciosos óculos de sol Hugo Boss que ele precisou trabalhar feito um condenado para comprar.

Em vez disso, comentei, fingindo ter dificuldade para nadar até eles:

— Acho que você torceu meu tornozelo, Conrad.

Conrad foi até a beira da piscina e provocou, com aquele sorrisinho meio de lado:

— Ah, tenho certeza de que você vai sobreviver.

— Pelo menos me ajude a sair daqui — pedi.

Ele se agachou e estendeu a mão, e eu agradeci com uma voz estridente.

Então segurei sua mão bem firme e puxei com toda a minha força. Conrad se desequilibrou e caiu na piscina, espalhando mais água do que eu. Acho que eu nunca tinha rido tão alto em toda a minha vida. Jeremiah e Steven também riram. Parecia que toda Cousins Beach podia escutar nossas risadas.

Conrad emergiu depressa e nadou até mim com apenas duas braçadas. Fiquei com medo de ele estar zangado, mas não estava — pelo menos não muito. Conrad sorria, mas era um sorriso meio ameaçador. Eu me afastei depressa.

— Você não vai me pegar! — anunciei, alegremente. — É muito lento!

A cada vez que ele chegava mais perto, eu me afastava.

— Marco! — gritei, rindo.

Jeremiah e Steven, que já estavam entrando em casa, responderam:

— Polo!

Aquilo me fez rir e desacelerar. Conrad conseguiu agarrar meu pé.

— Me solta! — pedi, ainda rindo.

Ele balançou a cabeça.

— Você não disse que eu era muito lento? — retrucou, batendo os pés e levantando bastante água perto de mim.

Nós estávamos na parte mais funda da piscina. A camiseta branca e ensopada dele mostrava sua pele rosada e brilhante.

Um silêncio meio estranho se estendeu entre nós. Ele ainda segurava meu pé, e eu tentava não afundar. Por um segundo, desejei que Jeremiah e Steven ainda estivessem ali. Só não sabia dizer por quê.

— Me solta — pedi outra vez.

Ele me puxou pelo pé, e estar tão perto de Conrad me deixava meio tonta e nervosa.

Pedi de novo, uma última vez, mesmo que no fundo não fosse o que eu quisesse:

Jenny Han

— Conrad, me solta.

Ele soltou.

Então afundou minha cabeça. Não me incomodou muito: eu já estava segurando o fôlego mesmo.

4

Susannah acordou da soneca pouco depois de vestirmos roupas secas, pedindo desculpa por ter perdido nossa chegada triunfal. Ela ainda estava meio sonolenta, com um lado do cabelo todo arrepiado, feito uma criança. Ela e minha mãe se abraçaram primeiro, um abraço forte e demorado. Minha mãe estava tão feliz de vê-la que tinha lágrimas nos olhos — e olha que ela *nunca* chora.

Depois foi a minha vez. Susannah me envolveu num longo abraço, daqueles que demoram tanto que a gente fica se perguntando se falta muito para acabar, preocupada com quem é que vai se afastar primeiro.

— Você está mais magra! — comentei, em parte porque era verdade, em parte porque eu sabia que ela adorava ouvir aquilo.

Susannah vivia de dieta, sempre preocupada com a alimentação. Para mim, ela sempre estava perfeita.

— Ah, obrigada, querida! — Ela finalmente me soltou e se afastou um pouco para me observar. Então balançou a cabeça, perguntando: — Quando foi que você cresceu tanto? Quando se tornou essa mulher fenomenal?

Abri um sorriso, constrangida, feliz porque os garotos estavam lá no segundo andar, longe demais para ouvir aquilo.

— Ah, eu continuo a mesma…

— Você sempre foi linda, minha querida, mas agora… Ah, olhe só! — Ela balançou a cabeça, parecendo atordoada. — Está tão, tão bonita. Vai ter um verão incrível. *Incrível*. Um verão inesquecível.

Susannah sempre falava com muita convicção, então acabava soando mais como um decreto, como se tudo fosse se tornar verdade só porque ela estava dizendo.

A verdade é que Susannah estava certa. Foi um verão realmente inesquecível. Foi o verão que mudou minha vida. Porque, pela primeira vez, eu me senti linda. A cada ano, eu sempre achava que o verão seria diferente, que minha vida ia mudar. Naquele, ela finalmente mudou. Porque eu mudei.

5

O JANTAR DA PRIMEIRA NOITE ERA SEMPRE O MESMO: UMA PANELA enorme de caldo apimentado de frutos do mar que Susannah preparava enquanto esperava a gente chegar. Era cheio de camarão, patas de caranguejo e lula — ela sabia como eu adorava lula. Desde pequena, eu guardava os pedaços de lula para comer por último. Susannah deixava a panela no centro da mesa, junto com uma cesta cheia do pão francês da padaria do bairro. Cada um pegava uma cumbuca, a enchia várias vezes durante o jantar e devolvia a concha de volta para aquele panelão. Susannah e minha mãe sempre tomavam vinho tinto, e eu e os meninos bebíamos Fanta Uva; mas, naquela noite, havia taças de vinho para todos.

— Acho que todos aqui já têm idade suficiente para tomar um vinhozinho, não acha, Lau? — perguntou Susannah, sentando-se à mesa.

— Não sei, não... — começou minha mãe, mas então mudou de ideia. — Ah, tudo bem. Estou sendo rígida demais, não é, Beck?

Susannah riu, tirando a rolha da garrafa.

— Você? Jamais! — respondeu ela, servindo um pouco de vinho para todos. — Hoje é uma noite especial. A primeira do verão.

Conrad tomou o vinho em dois goles; ele parecia acostumado a beber. Acho que muita coisa pode mudar em um ano.

— Mas esta não é a primeira noite do verão, mãe — retrucou ele.

— Ah, é, sim. O verão só começa quando nossos amigos chegam em casa — explicou Susannah, se debruçando na mesa, estendendo os braços e segurando minha mão e a de Conrad.

Ele se afastou, displicente. Susannah pareceu não notar, mas eu notei. Eu sempre prestava atenção no que Conrad fazia.

Jeremiah também deve ter notado, porque logo mudou o rumo da conversa.

— Belly, olha minha nova cicatriz! — exclamou, levantando a camisa. — Marquei três gols nesse dia.

Jeremiah jogava futebol americano e tinha muito orgulho de suas "cicatrizes de guerra".

Eu me aproximei para ver melhor. Era uma marca bem longa, já começando a sumir, que atravessava a parte de baixo da barriga de um lado a outro. Ficou bem evidente que Jeremiah andava malhando. Estava com a barriga reta e durinha, e não era assim no verão anterior. Ele também parecia mais alto que o irmão.

— Uau! — exclamei.

Conrad bufou.

— Jere só quer exibir o tanquinho — reclamou, arrancando um pedaço de pão e mergulhando na cumbuca. — Por que não mostra pra todos, em vez de só pra Belly?

— É, mostra pra gente! — pediu Steven, abrindo um sorrisinho debochado.

Jeremiah devolveu o sorrisinho, então se virou para Conrad:

— Você só está com inveja porque largou o futebol.

Então Conrad tinha largado o futebol? Aquilo era novidade para mim.

— Você largou o futebol, cara? — perguntou meu irmão.

Acho que era novidade para ele também. Conrad jogava muito bem, e Susannah sempre nos mandava as reportagens que saíam sobre o filho. Ele e Jeremiah estavam no mesmo time fazia dois anos, mas Conrad era a estrela.

Ele deu de ombros, indiferente. Ainda estava com o cabelo molhado da piscina — e eu também.

— Ficou chato — explicou.

— Ele está falando de si mesmo, ele é que ficou chato — retrucou Jeremiah, que se levantou e tirou a camisa. — Maneiro, não é?

Susannah deu uma boa risada, e minha mãe riu junto.

— Senta aí, Jeremiah — mandou Susannah, brandindo um pão francês na direção do filho, como se fosse uma espada.

— O que acha, Belly? — perguntou ele.

Pareceu dar uma piscadela, mas seu rosto continuava imóvel.

— Bem legal — concordei, tentando não rir.

— Agora é a vez da Belly se exibir — comentou Conrad, zombando.

— Belly não precisa se exibir. É só olhar pra ela que dá pra ver direitinho como está linda — interveio Susannah, tomando um gole do vinho e sorrindo para mim.

— Linda? Ah, sei! — retrucou Steven. — Ela é um lindo pé no saco, isso, sim.

— Steven... — repreendeu minha mãe.

— O quê? O que foi que eu disse?

— Steven é porco demais pra entender o conceito de beleza — comentei, em um tom muito doce. Depois, empurrei o pão na direção dele. — Oinc, oinc, Steven. Ah, vamos lá. Coma mais um pedacinho de pão.

— Não seja por isso — disse meu irmão, arrancando um pedaço enorme.

— Belly, conta sobre as amigas gostosas que você vai apresentar pra mim — pediu Jeremiah.

— Já não tentamos isso uma vez? — perguntei. — Não me diga que você já se esqueceu da Taylor Jewel.

Todos à mesa riram, até Conrad.

Jeremiah ficou vermelho, mas riu também, balançando a cabeça.

— Você é muito má, Belly. Tem várias garotas bonitas no clube, não precisa se preocupar comigo. Conrad é que é o problema. Ele é que está ficando pra trás.

Jeremiah e Conrad tinham combinado de trabalhar juntos no clube. Con tinha sido salva-vidas lá no verão anterior, e, dessa vez, Jeremiah já tinha idade suficiente para trabalhar também, mas na última hora Conrad mudou de ideia: preferiu ser ajudante de garçom em um restaurante chique de frutos do mar.

A gente sempre ia lá. Crianças até doze anos pagavam só vinte dólares. Por um tempo, foi o meu caso, e minha mãe fazia questão de avisar ao garçom. Era quase uma necessidade dela. E eu sempre queria desaparecer quando acontecia. Queria ser invisível. Não porque os meninos implicassem comigo — o que eles até faziam. O que eu detestava era a sensação de ser diferente, de não pertencer ao grupo. Eu detestava destoar dos outros. Só queria ser como eles.

6

Dez anos

Os meninos sempre foram muito unidos. Conrad era o líder; a palavra dele era lei. Steven era o segundo no comando, e Jeremiah era o bobo da corte. Naquela primeira noite, Conrad decidiu que dormiriam na praia, em sacos de dormir, e fariam uma fogueira. Ele era escoteiro, então sabia tudo sobre essas coisas.

Fiquei só olhando, enquanto os três planejavam o que iam fazer. Fiquei morrendo de inveja, principalmente quando botaram biscoitos e marshmallows na mochila. *Deixem um pouco pra mim*, eu queria dizer. Mas não disse. As coisas não eram minhas, afinal de contas. Nem a casa era minha.

— Steven, não esquece a lanterna — avisou Conrad.

Meu irmão assentiu, sem nem pensar. Eu nunca o tinha visto seguindo ordens com tanta boa vontade. Ele sempre admirara e respeitara Conrad, que era oito meses mais velho. Todo mundo tinha alguém ali, menos eu. Desejei estar em casa, preparando sundaes de caramelo com meu pai, para depois tomá-los sentada no chão da sala.

— Jeremiah, o baralho — acrescentou Conrad, enrolando um saco de dormir.

Jeremiah fez uma reverência e uma dancinha, e eu dei risada.

— Sim, senhor! — Ele se virou para mim, no sofá, e completou: — Conrad é mandão que nem nosso pai. Mas você não precisa obedecer!

Depois que Jeremiah falou comigo, consegui reunir coragem para pedir:

— Posso ir junto?

Steven nem piscou antes de responder:

— Não. Só garotos. Certo, Con?

Conrad hesitou.

— Sinto muito, Belly — respondeu ele.

Por um segundo, talvez dois, ele pareceu mesmo sentir muito. Então voltou a enrolar o saco de dormir. Dei as costas para eles e me virei para a TV.

— Tudo bem. Não estou nem aí.

— Aaah, olha só, Belly vai chorar! — provocou meu irmão, todo animado. Então se virou para Jeremiah e Conrad: — Ela sempre chora quando não consegue o que quer. E nosso pai sempre cai.

— Cala a boca, Steven!

Eu estava mesmo com medo de começar a chorar. A última coisa que queria era parecer um bebê chorão logo na primeira noite. Aí mesmo é que os meninos nunca me levariam com eles.

— Belly vai chora-ar... — cantarolou meu irmão.

Ele e Jeremiah começaram a dançar.

— Deixem ela em paz — intrometeu-se Conrad.

Steven parou de dançar.

— O quê? — perguntou, confuso.

— Vocês dois são tão imaturos... — continuou Conrad, balançando a cabeça.

Eles terminaram de organizar toda a parafernália e se preparavam para sair.

Eu estava prestes a perder minha chance de acampar, de ser parte do grupo.

— Steven, se você não me deixar ir, vou contar tudo pra mamãe — disparei.

Meu irmão fechou a cara.

— Não vai, não. Ela detesta quando você faz fofoca.

Era verdade: minha mãe detestava quando eu fazia queixa de Steven por aquele tipo de coisa. Ela ia dizer que meu irmão precisava de espaço, que eu poderia ir em uma próxima vez, que seria muito mais divertido ficar em casa com ela e Beck.

Afundei no sofá, cruzando os braços. Tinha perdido minha chance, e agora parecia mesmo uma fofoqueira, um bebezão.

A caminho da porta, Jeremiah se virou e fez uma dancinha para mim. Eu não consegui segurar o riso. Conrad falou, por cima do ombro:

— Boa noite, Belly.

E foi isso. Eu estava apaixonada.

7

NÃO PERCEBI LOGO DE CARA QUE A FAMÍLIA DELES TINHA MUITO MAIS dinheiro que a nossa. A casa de praia não era chique; era normal, habitável e confortável, com sofás de estofados velhos e desbotados e uma poltrona reclinável — eu e os meninos sempre brigávamos para ver quem ia se sentar nela. As paredes brancas eram meio descascadas, e o piso de madeira já estava descolorido pelo sol.

Mas era uma casa grande, com espaço para todos nós e muito mais. Tinham feito uma reforma uns anos antes, aumentando os cômodos. Em uma ponta ficava o quarto da minha mãe, o da Susannah e o do Sr. Fisher, além de um quarto de hóspedes vazio. Na outra ponta, ficava o meu quarto, mais outro quarto de hóspedes e o que os meninos dividiam — coisa que me deixava morrendo de ciúme, claro. No quarto dos três tinha um beliche e uma cama de solteiro, e eu detestava ter que dormir sozinha, ouvindo os risos e cochichos deles do outro lado da parede a noite toda. De vez em quando eles me deixavam dormir lá, mas só quando tinham alguma história particularmente assustadora para contar. Eu era uma boa ouvinte, sempre gritava na hora certa.

Depois que crescemos, os garotos pararam de dividir quarto. Steven foi para o de hóspedes no lado dos adultos, e Jeremiah e Conrad ganharam cada um seu próprio quarto no meu lado da casa. Desde o começo, eu e os meninos dividíamos o banheiro daquela parte. Minha mãe tinha um só para ela, e o da Susannah ficava na suíte. No nosso banheiro havia duas pias: Jeremiah e Conrad dividiam uma, e eu e Steven, a outra.

Quando éramos pequenos, os meninos nunca baixavam o assento do vaso — e, depois de grandes, também não. Era um lembrete constante de que eu não era um deles. Mas algumas coisinhas tinham mudado. Antes, eles quase sempre deixavam o banheiro todo molhado, fosse porque faziam guerra de água, fosse por desleixo. Depois que começaram a se barbear, enchiam a pia de pelos, e a bancada ficava tomada por desodorantes, cremes de barbear e colônias pós-barba.

Eles tinham mais colônias do que eu tinha perfumes — eu só usava um único vidrinho rosa de perfume francês que meu pai me dera no Natal quando eu tinha treze anos. A fragância era uma mistura de baunilha, açúcar queimado e limão. A namorada universitária dele que deve ter escolhido; papai não era bom com essas coisas. De qualquer forma, eu não deixava meu perfume no banheiro, junto com os produtos dos garotos. O vidrinho ficava na cômoda do meu quarto, mas eu nunca o usava. Nem sei por que o levava para a praia.

8

Depois do jantar, fiquei deitada no sofá lá de baixo, dividindo a sala com Conrad. Ele ficou sentado de frente para mim, dedilhando o violão, a cabeça baixa.

— Ouvi dizer que você está namorando — comentei. — E que é sério.

— Meu irmão é mesmo um fofoqueiro!

Mais ou menos um mês antes da viagem, Jeremiah tinha ligado para Steven. Os dois passaram um bom tempo ao telefone, e fiquei ouvindo a conversa por trás da porta. Steven não falava muito, mas parecia ser coisa séria. Entrei no quarto e perguntei sobre o que estavam falando, e Steven me acusou de espionagem, mas acabou contando que Conrad tinha arrumado uma namorada.

— E aí? Como ela é? — perguntei, sem encará-lo.

Tinha medo de que ele percebesse quanto eu me importava com aquilo.

Conrad pigarreou antes de dizer:

— Nós terminamos.

Quase engasguei. Meu coração pareceu parar de bater por um segundo.

— Então sua mãe estava falando sério quando disse que você é um destruidor de corações. — Era para ser uma piada, mas as palavras soaram, tanto na minha cabeça quanto no ar, como uma afirmação.

Conrad estremeceu antes de retrucar, a voz sem emoção:

— Ela me deu um fora.

Eu não conseguia imaginar como alguém podia terminar com ele. Fiquei me perguntando como seria a tal menina. De repente formei a imagem de uma pessoa real e atraente na minha cabeça.

— Qual é o nome dela?

— Que diferença faz? — perguntou Conrad, ríspido. Então respondeu: — Aubrey. O nome dela é Aubrey.

— Por que ela terminou com você?

Eu não conseguia me segurar, estava muito curiosa. Quem era aquela garota? Imaginei uma menina loira, com o cabelo bem claro e olhos azul-turquesa, com cutículas perfeitas e unhas longas e ovais. Minhas unhas sempre foram curtinhas por causa do piano, e depois que parei de tocar as mantive assim, só pelo costume.

Conrad largou o violão e ficou encarando o nada, amuado.

— Ela disse que eu mudei.

— E mudou?

— Não sei. Acho que todo mundo muda. Você mudou.

— Mudei como?

Ele deu de ombros e pegou o violão de novo.

— É como eu disse, todo mundo muda.

Conrad tinha começado a tocar violão no ensino fundamental. Eu odiava quando ele tocava. Ele ficava sentado, dedilhando, meio distraído, não completamente presente no momento, cantarolando sozinho enquanto parecia estar em outro lugar. Enquanto nós assistíamos à TV ou jogávamos baralho, ele passava todo o tempo tocando. Ou ficava no quarto, praticando. Eu não sabia para que ele praticava tanto, mas aquilo me irritava, porque o violão o roubava de nós.

Certa vez, ele tirou um dos fones de ouvido e estendeu para mim, enquanto continuava com o outro, e disse:

— Escuta isso. — Encostamos as cabeças. — Não é incrível?

Era Pearl Jam. Conrad estava todo feliz e encantado, como se ele mesmo tivesse descoberto a banda. Eu nunca tinha ouvido, mas, naquele momento, me pareceu a melhor música do mundo. Comprei o álbum *Ten* e escutei sem parar. Sempre que ouvia a faixa cinco, "Black", era como se eu voltasse para aquele momento, várias e várias vezes.

Quando aquele verão acabou, quando voltei para casa, fui até a loja, comprei a partitura e aprendi a tocar o álbum inteiro no piano. Achava que um dia acompanharia Conrad e formaríamos uma dupla ou coisa do tipo. O que era só um sonho idiota, porque na casa de praia nem havia piano. Susannah até quis comprar um para deixar lá, para que eu pudesse praticar, mas minha mãe foi contra.

9

À NOITE, QUANDO EU NÃO CONSEGUIA DORMIR, SEMPRE DESCIA A ES-cada de fininho e ia para a piscina. Começava dando voltas, então nadava até cansar. Depois, voltava para a cama sentindo aquela dor-zinha gostosa nos músculos, muito trêmulos e relaxados. Quando saía da água, adorava me enrolar em uma das enormes toalhas azuis da Susannah — nunca tinha visto toalhas tão grandes na vida. Então subia para o quarto na pontinha dos pés e dormia com o cabelo ain-da molhado. É tão bom dormir depois de sair da água! Não tem coisa igual.

Dois verões antes, Susannah me encontrou lá embaixo. Desde então, ela passava algumas noites nadando comigo. Já debaixo d'água, dando minhas voltas, eu a sentia mergulhar e começar a nadar no outro lado da piscina. Nós não nos falávamos, só nadávamos, mas era reconfortante tê-la ali. Foram as únicas vezes do verão que a vi sem peruca.

Naquela época, depois de perder o cabelo por causa da quimiote-rapia, Susannah passou a usar peruca o tempo todo. Ninguém a via sem, nem mesmo minha mãe. Susannah tinha o cabelo mais lindo do mundo: longo, cor de caramelo, macio como algodão-doce. A peru-ca nem se comparava ao cabelo dela, apesar de ser cara, da melhor qualidade, feita de fios naturais. Quando o cabelo voltou a crescer, depois da químio, ela passou a usá-lo curto, na altura do queixo. Continuava bonito, mas não era mais a mesma coisa. Quem a olhas-se depois do câncer nem poderia imaginar como era antes, com o cabelo comprido como o de uma adolescente. Como o meu.

Não consegui dormir na primeira noite daquele verão. Sempre demorava um ou dois dias para me reacostumar com a cama, mesmo que tivesse dormido nela praticamente todos os verões da minha vida. Eu me remexi e me revirei por um tempo, até que não aguentei mais: botei o maiô de listras douradas com decote nadador — meu antigo uniforme na equipe de natação que quase não cabia mais em mim. Era minha primeira visita noturna à piscina naquele ano.

Quando eu nadava sozinha, à noite, tudo ficava muito mais nítido. Ouvir minha respiração enquanto levantava e afundava a cabeça me acalmava e fazia com que eu me sentisse forte e tranquila. Como se eu pudesse nadar para sempre.

Durante minha quarta volta na piscina, bati com o pé em algo quando fui me virar. Levantei a cabeça para tomar ar e vi que era a perna do Conrad. Ele estava sentado na borda, balançando os pés dentro d'água. Tinha passado todo aquele tempo me observando. E fumava um cigarro.

Fiquei dentro d'água, submersa até o pescoço, subitamente me dando conta de que aquele maiô estava pequeno demais. Eu não ia sair da piscina com Conrad ali, de jeito nenhum!

— Desde quando você fuma? — perguntei, em um tom acusatório. — E o que está fazendo aqui embaixo?

— O que você quer que eu responda primeiro?

Ele estava com aquela cara debochada e condescendente de sempre. Aquela cara que me deixava louca.

Nadei até a ponta da piscina e me debrucei na borda.

— A segunda pergunta.

— Eu não estava conseguindo dormir, então saí pra dar uma volta — explicou ele, dando de ombros.

Era mentira. Ele tinha saído para fumar.

— E como você sabia que eu estava aqui?

Ele tragou o cigarro.

— Ah, qual é, Belly. Você sempre vem nadar à noite.

Ele sabia que eu nadava à noite? Achei que fosse um segredo só meu. Meu e da Susannah, claro. Fiquei me perguntando desde quan-

O VERÃO QUE MUDOU MINHA VIDA

41

do ele sabia e se todo mundo sabia. Nem sei por que isso importava, mas sei que importava. Pelo menos para mim.

— Ok, tudo bem. E desde quando você fuma?

— Não sei. Acho que desde o ano passado.

Ele estava sendo vago de propósito. Que raiva!

— Bom, mas não deveria. Melhor parar agora mesmo. Já está viciado?

Ele riu.

— Não.

— Então pare. Sabe que pode parar, basta querer.

Se ele quisesse, poderia fazer qualquer coisa.

— Bem, talvez eu não queira.

— Mas deveria, Conrad. Fumar faz mal.

— E o que eu ganho se parar? — perguntou ele, me provocando, enquanto segurava o cigarro acima da abertura da lata de cerveja.

O clima mudou de repente. Parecia carregado de eletricidade, como se um raio tivesse acabado de cair em mim. Larguei a borda da piscina e nadei para longe dele. Senti como se tivesse demorado uma eternidade para responder.

— Nada. Você deveria parar por si mesmo.

— É verdade — concordou ele, acabando com o momento. Então se levantou e jogou o cigarro dentro da lata de cerveja. — Boa noite, Belly. Não fique até muito tarde aqui fora. Nunca se sabe o tipo de monstro que pode aparecer à noite.

Tudo estava de volta ao normal. Joguei água nas pernas dele, que se afastava.

— Vai se ferrar! — gritei, mas Conrad já tinha me dado as costas.

Muito tempo atrás, os três meninos tinham me convencido de que um assassino de crianças estava à solta, e bem do tipo que gosta de menininhas gordinhas com cabelo castanho e olhos azul-acinzentados.

— Espera! Vai parar de fumar ou não? — gritei.

Conrad não respondeu, só riu. Deu para perceber pelo jeito como seus ombros balançaram quando ele fechou o portão.

Depois que ele saiu, fiquei boiando. Sentia as batidas do coração reverberando nos ouvidos. Batia rápido-rápido-rápido, como um metrônomo. Conrad estava diferente. Eu já tinha percebido aquilo no jantar, antes de ele me contar sobre Aubrey. Ele havia mudado. E, ainda assim, o efeito que exercia sobre mim permanecia o mesmo. Eu continuava sentindo exatamente a mesma coisa. Era como se eu estivesse no topo de uma montanha-russa, prestes a despencar.

10

— BELLY, VOCÊ JÁ LIGOU PRO SEU PAI? — PERGUNTOU MINHA MÃE.

— Ainda não.

— Não é melhor ligar logo, conversar um pouco com ele, contar como vão as coisas?

Revirei os olhos.

— Duvido que ele esteja preocupado com isso.

— É bom ligar mesmo assim.

— Você mandou Steven ligar?

— Não, não mandei — retrucou ela, elevando a voz. — Seu pai e seu irmão vão passar duas semanas juntos visitando faculdades. Já você só vai vê-lo depois do verão.

Por que minha mãe tinha que ser tão sensata? Tudo com ela era assim. Ela era a única pessoa que eu conhecia que conseguiu ter um divórcio sensato.

— Liga pro seu pai — insistiu ela, estendendo o telefone para mim. E saiu da sala.

Minha mãe sempre me deixava sozinha quando eu falava com meu pai. Como se eu tivesse algum segredo que não pudesse falar na frente dela.

Não liguei para ele, simplesmente botei o telefone de volta no gancho. Ele é que devia me ligar. Ele era o pai, e eu, a filha.

Além disso, pais não pertenciam à casa de praia. Pelo menos não o meu pai, nem o Sr. Fisher. Claro que os dois às vezes iam visitar, mas ali não era o lugar deles. Pais não pertenciam àquele cenário. Não do jeito que nós, filhos e mães, pertencíamos.

11

Nove anos

Estávamos jogando baralho na varanda, e minha mãe e Susannah tomavam margaritas, envolvidas no próprio jogo. O sol se punha, e as duas logo entrariam para fazer milho cozido e cachorro-quente. Mas só dali a alguns minutos. Iam terminar a partida primeiro.

— Laurel, por que você chama minha mãe de Beck, se todo mundo a chama de Susannah? — perguntou Jeremiah.

Ele e Steven formavam uma dupla e estavam perdendo. Todas as vezes, Jeremiah ficava entediado jogando baralho e sempre procurava algo mais interessante para fazer ou falar.

— Porque o nome de solteira dela é Beck — explicou minha mãe, apagando um cigarro.

As duas só fumavam quando estavam juntas, por isso era uma ocasião especial. Minha mãe dizia que fumar com Susannah a fazia se sentir jovem outra vez. Eu sempre alertava que aquilo ia encurtar a expectativa de vida dela em alguns anos, mas minha mãe ignorava todas as minhas preocupações, balançando a mão e dizendo que eu só pensava no pior.

— O que é nome de solteira? — indagou Jeremiah.

Meu irmão deu um tapinha nas cartas na mão dele, para que voltasse a atenção ao jogo, mas não adiantou.

— É o sobrenome que a mulher usa antes de se casar, seu imbecil — respondeu Conrad.

— Não xinga seu irmão, Conrad — repreendeu Susannah, em uma voz meio automática, ajeitando as cartas na mão.

— Mas por que a mulher é obrigada a mudar de nome? — perguntou Jeremiah.

— Não é obrigada. Eu, por exemplo, não mudei. Ainda me chamo Laurel Dunne, o nome que recebi no dia em que nasci. Viu que legal? — Minha mãe se sentia superior por isso. — Afinal, por que uma mulher deveria mudar o próprio nome por um homem? Eu sou contra.

— Laurel, cala essa boca, vai — interveio Susannah, botando algumas cartas na mesa. — Bati.

Minha mãe suspirou e largou as dela também.

— Bem, chega de buraco. Que tal jogar paciência com eles?

— Você não sabe perder! — reclamou Susannah.

— Mãe, não estamos jogando paciência. Estamos jogando buraco, e você não pode jogar porque sempre rouba — avisei.

Conrad era minha dupla, e eu tinha quase certeza de que íamos ganhar. Eu o escolhera de propósito, porque ele era bom em tudo. Era o que nadava mais rápido, o melhor nas pranchas de bodyboard e, claro, sempre ganhava quando jogávamos baralho.

Susannah bateu palmas, rindo.

— Lau, essa garota é você todinha.

— Não, Belly é filha do pai.

As duas trocaram um daqueles olhares secretos que me davam vontade de perguntar "o quê, o quê?", mas eu sabia que minha mãe nunca diria. Ela era muito boa em guardar segredos, sempre foi. E eu realmente me achava parecida com meu pai: tinha os olhos dele, com os cantinhos virados para cima, além de uma versão feminina e pequena do nariz e do queixo proeminente dele. Da minha mãe, só tinha puxado as mãos.

O momento passou. Susannah sorriu para mim e disse:

— Você está absolutamente certa, Belly. Sua mãe rouba muito. Principalmente no buraco. E quem rouba nunca se dá bem, ouviram, crianças?

Susannah sempre nos chamava de crianças, mas aquilo não me incomodava. Normalmente incomodaria, mas o jeito como ela falava não era ruim, como se fôssemos bobos e infantis. Soava como se tivéssemos a vida toda pela frente.

12

O Sr. Fisher aparecia em alguns fins de semana durante o verão, e sempre na primeira semana de agosto. Ele era banqueiro, e se ausentar do trabalho por muito tempo era, em suas palavras, simplesmente impossível. Bem, de qualquer maneira, a casa ficava mais legal sem ele, só nós seis. Eu me sentia um pouco desconfortável quando ele estava. Acho que todo mundo. Quer dizer, exceto Susannah e minha mãe, claro. Era engraçado, minha mãe conhecia o Sr. Fisher havia tanto tempo quanto Susannah — os três tinham feito faculdade juntos, e a turma era bem pequena.

Susannah sempre dizia para eu chamar o Sr. Fisher de Adam, mas eu nunca consegui. Não parecia correto. Sentia que devia chamá-lo de Sr. Fisher, e era isso que eu e meu irmão fazíamos. Acho que alguma coisa nele passava essa imagem para as pessoas, e não apenas para as crianças. E acho que ele preferia assim.

Ele chegava na hora do jantar, na sexta à noite, e sempre o esperávamos para comer. Susannah já deixava o drink preferido dele pronto: uísque com refrigerante. Minha mãe implicava com ela por ficar esperando pelo marido, mas Susannah não ligava. Na verdade, minha mãe também implicava com o Sr. Fisher, que, por sua vez, implicava com minha mãe. Talvez implicar não seja bem a palavra, era mais uma provocação de velhos amigos. Eles implicavam muito um com o outro, mas também sempre sorriam. Era engraçado. Minha mãe e meu pai quase nunca brigavam, mas também não sorriam muito.

Acho que o Sr. Fisher era um pai bonitão. Era mais bonito que o meu, pelo menos, mas também mais vaidoso. Não sei se ele era tão bonito quanto Susannah, mas é que Susannah era uma das pessoas que eu mais amava no mundo, e quem pode competir com isso? Às vezes parece que a pessoa é um milhão de vezes mais bonita para a gente, na nossa cabeça. É como se a olhássemos com lentes especiais. Ou talvez a gente veja o que a pessoa realmente é. Que nem aquela história da árvore que cai na floresta.

O Sr. Fisher sempre dava vinte dólares para nós, crianças, quando íamos a algum lugar. Conrad ficava responsável pelo dinheiro. "É para tomarem um sorvete", dizia ele. "Comprem um docinho." Um docinho. Era sempre isso. Para Conrad, o pai era seu herói. Ou pelo menos foi, por muito tempo. Por mais tempo do que é para a maioria das pessoas. Acho que meu pai deixou de ser meu herói quando o vi com uma de suas alunas do doutorado, depois que ele e minha mãe se separaram. E a garota nem era bonita.

Parecia fácil culpar meu pai pela coisa toda: o divórcio, o novo apartamento. Mas, se eu tivesse que culpar alguém, seria minha mãe. Por que ela tinha que ser tão calma, tão plácida? Meu pai pelo menos chorou. Pelo menos sofreu. Minha mãe não disse nada, não deixou transparecer nada. Nossa família se desfez, e ela simplesmente seguiu em frente. Não era justo.

Quando voltamos para casa, depois daquele verão, meu pai já tinha se mudado, levando suas primeiras edições de Hemingway, seu tabuleiro de xadrez, os CDs de Billy Joel e Claude, o gato. Claude sempre foi mais do meu pai do que de qualquer outra pessoa. Era justo que ele levasse o gato, mas fiquei triste mesmo assim. De certa maneira, a ausência de Claude era pior que a do meu pai, porque Claude era tão seguro na maneira como habitava nossa casa, como ocupava cada espaço… Era como se ele fosse o verdadeiro dono da casa.

Meu pai me levou para almoçar no Applebee's e disse, em tom de desculpa:

— Sinto muito por ter levado o Claude. Está com saudade dele?

Ele passou a maior parte do almoço com a barba — que tinha deixado crescer — suja de molho. Aquilo estava me irritando. A barba estava me irritando. O almoço estava me irritando.

— Não — respondi. Não conseguia tirar os olhos da minha sopa de cebola. — Ele é seu.

Assim, meu pai ficou com Claude, e minha mãe ficou comigo e com Steven. Foi bom para todo mundo. Víamos meu pai quase todo fim de semana; ficávamos no apartamento novo dele, que cheirava a mofo, não importava quanto incenso ele acendesse.

Eu detesto incenso, e minha mãe também. Aquilo me faz espirrar. Acho que meu pai se sentia independente e exótico acendendo todos os incensos que quisesse em seu novo cafofo, que era como ele chamava o lugar. Logo que eu entrava no apartamento, perguntava, em um tom acusatório: "Você andou acendendo incenso aqui?" Será que ele já tinha se esquecido da minha alergia?

Meio culpado, ele admitia que sim, que tinha acendido uns incensos, mas que não faria mais. Só que continuava fazendo. Acendia incensos quando eu não estava, do lado de fora da janela, mas eu sentia o cheiro ainda assim.

Era um apartamento de dois quartos; meu pai dormia na suíte, e eu ficava no outro quarto, em uma cama de solteiro com lençóis cor-de-rosa. Meu irmão dormia no sofá-cama da sala — o que me dava inveja, para falar a verdade, porque ele podia ficar acordado vendo TV. Meu quarto tinha apenas a cama e uma cômoda branca que eu quase não usava, e só uma das gavetas guardava roupas, as outras ficavam vazias. Também havia uma estante, com livros que ele comprara. Meu pai sempre comprava livros para mim, na esperança de que eu ficasse inteligente como ele, que adorava palavras, adorava ler. Eu gostava de ler, mas não do jeito que ele esperava. Não de um jeito acadêmico, sabe? Eu gostava de romances, não de não ficção. E eu odiava aqueles lençóis cor-de-rosa pinicantes. Se meu pai tivesse me consultado, eu teria dito para ele comprar lençóis amarelos, não rosa.

Mas ele tentava. Do jeito dele, mas tentava. Comprou um piano de segunda mão, que ficou na sala de jantar, só para eu praticar quando estivesse passando o fim de semana com ele. Eu dificilmente tocava — o piano estava desafinado, e eu nunca tive coragem de dizer isso a ele.

Esse era um dos motivos pelos quais eu esperava ansiosa pelo verão. Significava que não precisaria ir para aquele apartamento triste do meu pai. Não que eu não quisesse vê-lo; eu queria, sim. Morria de saudade dele. Mas aquele apartamento era deprimente. Queria poder passar um tempo com ele na nossa casa. Na nossa casa de verdade. Queria que as coisas fossem como antes. E, como minha mãe passava quase o verão todo com a gente, quando voltávamos, Steven e eu viajávamos com ele. Em geral íamos para a Flórida, visitar a vovó. E era uma viagem deprimente. Vovó passava o tempo todo tentando convencer meu pai a voltar para minha mãe, que ela adorava. "Você tem falado com a Laurel?", perguntava ela, mesmo muito depois do divórcio.

Eu detestava vê-la pressionando meu pai daquele jeito, porque aquilo estava fora do controle dele. Era humilhante, porque foi minha mãe que terminou com ele. Ela quem pediu o divórcio, quem apressou a coisa toda. Eu tinha certeza. Meu pai viveria perfeitamente bem empurrando o casamento com a barriga, morando no nosso sobrado azul, com Claude e todos os livros.

Meu pai uma vez me contou que Winston Churchill dizia que a Rússia era uma charada embrulhada em um mistério dentro de um enigma. De acordo com ele, Churchill estava falando da minha mãe. Isso foi antes do divórcio, e foi dito com um misto de ressentimento e respeito. Porque, mesmo quando odiava minha mãe, ele a admirava.

Acho que meu pai teria ficado com ela para sempre, tentando desvendar aquele mistério. Ele era bom em resolver quebra-cabeças, o tipo de pessoa que gosta de teoremas, de teorias. X sempre tinha que ser igual a alguma coisa. Não podia ser *só* X.

Para mim, minha mãe não tinha nada de misteriosa. Ela era minha mãe. Sempre sensata, sempre segura de si. Para mim, ela era tão misteriosa quanto um copo de água. Minha mãe sabia o que queria e o que não queria — e o que não queria era continuar casada com meu pai. Eu não tinha certeza se ela não o amava mais ou se nunca tinha amado.

Quando íamos para a casa da vovó, minha mãe sempre fazia alguma viagem. Ia para lugares distantes, como a Hungria ou o Alasca. E sempre sozinha. Tirava fotos, mas eu nunca pedi para vê-las, e ela nunca tentou me mostrar.

13

Quando minha mãe chegou, eu estava sentada na varanda, comendo torrada e lendo uma revista. Ela estava com aquela cara séria, a cara de quem quer falar alguma coisa — a mesma cara que fazia quando queria ter uma de suas conversas de mãe para filha. Eu detestava aquelas conversas tanto quanto detestava ficar menstruada.

— O que você vai fazer hoje? — perguntou, com um tom muito casual.

Enfiei o resto da torrada na boca.

— Acho que isto que já estou fazendo.

— Talvez você devesse começar a estudar para as provas de inglês — sugeriu ela, limpando umas migalhas do meu queixo.

— É, eu estava planejando estudar mesmo — respondi, embora não estivesse.

Minha mãe pigarreou. Então perguntou na lata:

— Conrad está usando drogas?

— Quê?

— Conrad está usando drogas?

— Não! E por que você está perguntando isso pra mim? Conrad não fala comigo. Pergunta pro Steven — respondi, chocada.

— Já perguntei. Ele não sabe. E ele não mentiria — completou ela, me encarando.

— Bom, eu também não.

Minha mãe suspirou.

— Eu sei. Beck está preocupada. Ele vem agindo de um jeito muito diferente. Largou o futebol...

— E eu larguei o balé — retruquei, revirando os olhos. — Mas nem por isso sou vista por aí fumando crack.

Minha mãe comprimiu os lábios.

— Promete que vai me contar se ouvir alguma coisa?

— Não sei... — respondi, só para provocar.

Eu não precisava prometer nada. Sabia que Conrad não estava usando drogas. Tomar uma cerveja era uma coisa, mas ele nunca passaria disso. Eu podia apostar minha vida.

— Belly, estou falando sério.

— Mãe, relaxa. Ele não está se drogando. Aliás, quando foi que você virou detetive? E quem é você pra falar qualquer coisa? — brinquei, com uma cotovelada fraca e divertida.

Ela deu um sorrisinho e balançou a cabeça.

— Não começa.

14

Treze anos

ELAS ACHARAM QUE A GENTE NÃO FOSSE DESCOBRIR DA PRIMEIRA VEZ que fizeram aquilo. Foi até meio burro da parte delas, porque era uma das raras noites em que estávamos todos em casa. Eu e os meninos estávamos na sala de estar: Conrad com fones de ouvido escutando música, Jeremiah e Steven jogando videogame, e eu, deitada na poltrona reclinável, lendo *Emma*, de Jane Austen — porque achava que aquilo me fazia parecer inteligente, e não porque gostava do livro. Se fosse por gosto mesmo, eu estaria trancada no quarto com *O jardim dos esquecidos*, de V.C. Andrews, ou algo do tipo, não com Jane Austen.

Acho que Steven foi o primeiro a sentir o cheiro. Ele olhou em volta, farejou como um cachorro e perguntou:

— Estão sentindo?

— Eu disse pra você não comer feijão, Steven! — brincou Jeremiah, com os olhos grudados na TV.

Dei uma risadinha. Mas não era cheiro de pum, eu também tinha sentido.

— É maconha — anunciei, em voz alta.

Queria ser a primeira a dizer, para provar que sabia das coisas.

— Está maluca! — retrucou Jeremiah.

Conrad tirou os fones.

— Belly está certa. É maconha.

Steven pausou o jogo e se virou para me encarar. Então perguntou, desconfiado:

— Como é que você conhece cheiro de maconha, Belly?

— Porque vivo chapada, Steven. Sou maconheira, não sabia?

Eu detestava quando Steven bancava o irmão mais velho, ainda mais na frente de Conrad e Jeremiah. Era como se ele tentasse me diminuir de propósito.

Steven me ignorou.

— Está vindo lá de cima?

— É minha mãe — explicou Conrad, botando os fones de novo. — Por causa da químio.

Percebi que Jeremiah não sabia. Ele não disse nada, mas pareceu confuso, até magoado. Coçou a nuca e olhou para o nada por um minuto. Steven e eu nos entreolhamos. Era estranho; sempre que o assunto era o câncer de Susannah, nós dois nos sentíamos deslocados. Nunca sabíamos o que dizer, então nunca dizíamos nada. Na maior parte das vezes, fingíamos que nada estava acontecendo, assim como Jeremiah.

Com minha mãe era diferente. Ela parecia sempre calma. Susannah dizia que com minha mãe ela se sentia normal de novo. Minha mãe era boa naquilo, em fazer as pessoas se sentirem normais. Seguras. Como se, enquanto ela estivesse por perto, nada de ruim pudesse acontecer.

Quando as duas desceram, um pouco mais tarde, estavam rindo que nem adolescentes que roubaram bebida dos pais. Ficou bem evidente que minha mãe tinha fumado também.

Steven e eu nos entreolhamos, dessa vez horrorizados. Minha mãe era a última pessoa no planeta que fumaria maconha — depois da mãe dela, claro.

— Vocês comeram o Cheetos todo, meninos? — perguntou ela, inspecionando o armário da cozinha. — Estou morrendo de fome.

— Comemos — respondeu Steven, sem conseguir nem olhar para minha mãe.

— E aquele pacote de batatinhas? Pega lá pra gente — pediu Susannah, se aproximando por trás da minha poltrona.

Ela mexeu no meu cabelo delicadamente, daquele jeito que eu amava. Susannah era mais carinhosa que minha mãe e sempre dizia

O VERÃO QUE MUDOU MINHA VIDA

que eu era a filha que ela nunca tivera. E adorava me dividir com minha mãe, que não se incomodava — eu também não, aliás.

— O que está achando de *Emma*? — perguntou Susannah, daquele jeito dela que fazia com que a gente se sentisse a pessoa mais importante do lugar.

Abri a boca para mentir e dizer que estava achando ótimo, mas, antes que eu conseguisse, Conrad, ainda de fones de ouvido, se intrometeu, dizendo bem alto:

— Ela está na mesma página há mais de uma hora.

Olhei feio para ele, mas por dentro fiquei encantada por ter reparado em mim. Ao menos uma vez era *ele* quem estava *me* observando. Mas claro que estava, Conrad reparava em tudo. Sabia até se o cachorro do vizinho tinha mais remela no olho esquerdo que no direito, ou se o entregador de pizza havia trocado de carro. Ser notada por Conrad não era exatamente um elogio; era quase natural.

— Ah, espera o livro engrenar, você vai adorar — garantiu Susannah, afastando a franja da minha testa.

— Eu sempre levo um tempo pra entrar na história — concordei, mas parecia que eu estava me desculpando.

Não queria que ela se sentisse mal; o livro tinha sido recomendação dela.

Minha mãe entrou na sala com um pacote daquelas balas compridas e azedinhas e um saco de batatinhas fritas que já estava pela metade. Ela jogou uma bala para Susannah, e tarde demais gritou:

— Segura!

Não deu tempo, e o doce caiu no chão. Susannah gargalhou enquanto se abaixava para pegar.

— Mas que desastrada... — comentou, mordiscando a bala como uma caipira mascando um pedaço de palha. — O que deu em mim?

— Mãe, todo mundo sabe que vocês estavam fumando maconha — retrucou Conrad, balançando a cabeça de leve, no ritmo da música que só ele podia ouvir.

Susannah tapou a boca. Não disse nada, mas parecia genuinamente triste.

— Ops... — respondeu minha mãe. — Acho que nos pegaram, Beck. Meninos, a mãe de vocês está fazendo uso medicinal de *marijuana* pra tratar as náuseas causadas pela químio.

Steven não tirou os olhos da televisão ao perguntar:

— E você, mãe? Também está fazendo uso medicinal?

Eu sabia que ele estava tentando descontrair a tensão, e funcionou. Steven era bom nisso.

Susannah soltou uma gargalhada, e minha mãe bateu com uma das balas no topo da cabeça dele.

— Espertinho. Eu estou oferecendo apoio moral pra minha melhor amiga no mundo inteiro. Tem motivos piores.

Steven pegou o pacote e jogou uma bala inteira na boca.

— Então tudo bem se eu fumar maconha também, certo?

— Só quando você tiver câncer de mama — respondeu minha mãe, trocando um sorrisinho com Susannah, sua melhor amiga no mundo inteiro.

— Ou quando sua melhor amiga tiver — completou Susannah.

Em meio a tudo isso, Jeremiah estava quieto, não tinha falado nada. Seus olhos só ficaram se alternando entre Susannah e a TV, como se ele sentisse medo de que a mãe desaparecesse no ar caso desse as costas para ela.

Naquela tarde, nossas mães achavam que estávamos na praia. Não sabiam que Jeremiah e eu tínhamos ficado entediados e voltado para casa, para fazer um lanche. Enquanto subíamos os degraus da varanda, ouvimos a conversa das duas pela janela.

Jeremiah parou quando escutou a mãe dizer:

— Lau, eu me odeio por pensar isso, mas acho que prefiro morrer a perder meu peito.

Ele prendeu a respiração e ficou lá, ouvindo. Então se sentou, e eu me sentei do lado.

— Sei que no fundo não é isso que você pensa — retrucou minha mãe.

Eu detestava quando ela falava aquilo, e acho que Susannah também não gostava, porque respondeu:

— Não venha me dizer o que penso ou deixo de pensar.

Eu nunca tinha ouvido Susannah falar daquele jeito, tão grossa e irritada.

— Está bem. Tudo bem. Retiro o que disse.

Então Susannah começou a chorar. Mesmo sem vê-las, eu sabia que minha mãe acariciava as costas dela em movimentos circulares, igualzinho fazia comigo quando eu ficava triste.

Desejei fazer o mesmo com Jeremiah. Sabia que aquilo o confortaria, mas não consegui. Apenas segurei a mão dele e apertei bem forte. Ele não olhou para mim, mas não soltou minha mão. Foi nesse momento que nos tornamos amigos de verdade.

Ouvimos minha mãe dizer, em um tom bem sério e impassível:

— Esses seus peitos malditos são mesmo maravilhosos.

Susannah começou a rir e a chorar ao mesmo tempo. Ficaria tudo bem. Enquanto minha mãe falasse daquele jeito, enquanto Susannah risse, tudo ficaria bem.

Soltei a mão de Jeremiah e me levantei. Ele fez o mesmo. Fomos andando de volta para a praia, e nenhum dos dois disse uma só palavra. O que teríamos para dizer? "Sinto muito por sua mãe ter câncer"? "Espero que ela não perca o peito"?

Ao chegarmos lá, encontramos Conrad e Steven, que tinham acabado de sair da água com suas pranchas de bodyboard. Continuávamos mudos, e Steven percebeu. Acho que Conrad também, mas não comentou nada. Foi meu irmão quem perguntou:

— O que aconteceu?

— Nada — respondi, me sentando e abraçando os joelhos.

— Vocês se beijaram ou coisa do tipo? — insistiu ele, torcendo o calção e molhando meus joelhos.

— Cala a boca! — bradei.

Eu estava quase puxando o short dele, só para mudar de assunto. No verão anterior, os meninos faziam aquilo o tempo todo. Eu nunca tinha participado da brincadeira, mas, naquele momento, realmente tive vontade.

— Ah, eu sabia! — insistiu ele, me dando um soquinho no ombro.

Afastei a mão dele e o mandei calar a boca de novo. Steven começou a cantar:

— *Summer lovin', had me a blast, summer lovin', happened so fast...*

— Cara, deixa de ser idiota — falei, me virando para Jeremiah e revirando os olhos.

Mas ele apenas se levantou, sacudiu a areia do short e foi até a água, afastando-se de nós e da casa.

— Jeremiah, você está de TPM? Eu só estava brincando! — gritou Steven. Mas Jeremiah não se virou. Só continuou andando até o mar.

— Qual é?!

— Deixa ele em paz — ordenou Conrad.

Os dois nunca foram muito próximos, mas em alguns momentos eu percebia quanto a conexão entre eles era forte, e aquele foi um desses momentos. Ver Conrad proteger o irmão me fez sentir uma enorme onda de amor por ele — uma onda que parecia inundar meu peito e me afogar. Mas então fiquei me sentindo culpada: como eu podia ficar pensando nessas coisas enquanto Susannah estava com câncer?

Dava para ver que Steven tinha ficado confuso e chateado. Jeremiah não costumava agir daquele jeito. Ele sempre era o primeiro a rir e fazer outra piada.

E, como eu gostava de jogar sal na ferida, provoquei:

— Você é um imbecil, Steven.

Ele me encarou, boquiaberto.

— Meu Deus, o que foi que eu fiz?

Eu o ignorei, me deitei na toalha e fechei os olhos. Como eu queria estar usando os fones de ouvido de Conrad. Como eu queria que aquele dia nunca tivesse existido...

Mais tarde, Jeremiah não quis pescar com Conrad e Steven. E ele adorava pescar à noite. Sempre tentava convencer alguém a ir com ele. Mas, naquela noite, disse que não estava a fim. Os meninos foram, e Jeremiah ficou comigo. Vimos TV e jogamos baralho. Passamos a maior parte do verão fazendo isso, só nós dois. Estreitamos nossos laços. Ele me acordava cedo e saíamos para catar conchas ou caranguejos na areia, ou pedalávamos até a sorveteria, a quase cinco quilômetros de casa. Ele não fazia muitas piadas quando estávamos juntos, mas ainda era o Jeremiah de sempre.

Desde aquele verão, eu me sentia mais próxima dele que do meu irmão. Jeremiah era mais legal que Steven. Talvez porque ele também fosse o caçula da família, ou talvez porque simplesmente fosse mais legal mesmo. Ele sempre tratava todo mundo bem e tinha o dom de deixar as pessoas à vontade.

15

FAZIA TRÊS DIAS QUE CHOVIA SEM PARAR. LÁ PELAS QUATRO DA TARDE do terceiro dia, Jeremiah estava enlouquecido. Ele não era o tipo de pessoa que conseguia ficar dentro de casa, ficava sempre se mexendo, sempre indo a algum lugar. Por isso decidiu sair um pouco e nos chamou para ir ao cinema. Além do drive-in, a cidade só tinha um cinema, que ficava no shopping.

Conrad estava no quarto e recusou o convite de Jeremiah. Ele vinha passando tempo demais sozinho, sempre trancado no quarto, e dava para ver que Steven estava magoado.

Meu irmão logo partiria em uma viagem com nosso pai para visitar universidades, e Conrad não parecia dar a mínima para isso. Quando não estava trabalhando, ficava grudado no violão e ouvindo música.

Então fomos só eu, Jeremiah e Steven. Eu os convenci a assistir a uma comédia romântica sobre dois passeadores de cachorro que faziam o mesmo caminho e acabavam se apaixonando. Era o único filme passando naquele horário, o outro só começaria dali a uma hora. Em menos de cinco minutos, Steven se levantou, irritado.

— Não dá pra ver isso — protestou. — Vamos, Jere?

— Não, não. Eu vou ficar aqui com a Belly — respondeu Jeremiah.

Steven pareceu surpreso. Então deu de ombros, dizendo:

— Vejo vocês quando o filme acabar.

Também fiquei surpresa. Aquilo era *muito* estranho.

Pouco depois de Steven sair, um cara enorme se sentou na cadeira na frente da minha.

— Eu troco de lugar com você — sussurrou Jeremiah.

Quase disse que não precisava, mas logo mudei de ideia. Era Jeremiah, afinal. Com a gente não rolava esse tipo de formalidade. Agradeci, e trocamos de lugar.

Para conseguir enxergar a tela, Jeremiah precisava chegar para o meu lado e esticar o pescoço. O cabelo dele tinha cheiro de peras asiáticas — era o xampu caro que Susannah usava. Achei engraçado aquele garoto alto e atlético ter um cheiro tão doce. Toda vez que ele se aproximava, eu inspirava o perfume adocicado de seu cabelo. Queria que o meu também tivesse aquele cheiro.

Jeremiah se levantou de repente na metade do filme. Ele sumiu por uns minutos e voltou com um refrigerante grande e um pacote de Twizzlers. Peguei a bebida para tomar um gole, mas não tinha canudo.

— Você esqueceu o canudo — falei.

Ele abriu o pacote de doce e mordeu as pontas de dois deles. Em seguida, colocou os dois no copo e abriu um sorriso triunfante. Eu tinha me esquecido completamente dos canudos de Twizzlers. Ele sempre fazia aquilo.

Tomamos a bebida ao mesmo tempo, como em um comercial de Coca dos anos 1950, nossas testas quase se tocando. Fiquei me perguntando se as pessoas imaginariam que estávamos em um encontro.

Jeremiah me encarou, sorrindo daquele jeito tão familiar, e de repente um pensamento louco surgiu na minha cabeça: *Jeremiah Fisher quer me beijar.*

Era loucura. Era o Jeremiah!

Ele nunca havia se comportado daquela maneira, e eu só tinha olhos para Conrad, mesmo quando ele ficava mal-humorado e distante, como naquele momento. Eu nunca nem considerara a hipótese de ter alguma coisa com Jeremiah, não quando havia Conrad. E claro que essa possibilidade também não tinha passado pela cabeça dele. Eu era só uma colega. Uma companhia para o cinema, a garota com quem ele dividia o banheiro e compartilhava segredos. Eu não era o tipo de garota que ele *beijaria*.

16

Quatorze anos

Eu sabia que seria um erro levar Taylor para a casa de praia. *Sabia.* Mas levei mesmo assim. Taylor Jewel, minha melhor amiga. Os garotos da nossa turma a chamavam de tesouro, e ela fingia odiar o apelido, mas na verdade adorava.

Taylor sempre dizia que precisava me reconquistar quando eu voltava da casa de praia. Que precisava me fazer *querer* estar presente na minha vida real, com a escola, os garotos e os amigos. Ela sempre tentava me juntar com o amigo mais bonitinho do cara por quem estivesse obcecada no momento, e eu deixava. Às vezes íamos juntos ao cinema ou a uma lanchonete, mas eu nunca me interessava de verdade, não completamente. Aqueles garotos não chegavam nem aos pés do Conrad ou do Jeremiah, então para que insistir naquilo?

Taylor sempre foi a amiga bonita, para quem os meninos olhavam. Eu era a engraçada, que fazia os garotos rirem. Achava que, com ela ao meu lado, eu provaria que era bonita também. Tipo: *Viram só? Eu sou igual a ela, nós somos iguais.* Mas não éramos, e todo mundo percebia. Eu acreditava que levar Taylor comigo na viagem me garantiria convites para os passeios noturnos no calçadão e para os luaus na praia. Achava que meu status social mudaria naquele verão, que eu finalmente seria convidada para tudo.

Pelo menos eu estava certa nessa última parte.

Taylor sempre implorava para que eu a levasse. Eu resistia aos pedidos, dizendo que a casa ficaria muito cheia, mas ela sabia ser convincente. A culpa na verdade era minha: eu falava o tempo todo dos garotos. E, lá no fundo, também queria que ela fosse. Taylor era minha melhor amiga, afinal de contas. E ela odiava o fato de não dividirmos tudo, cada momento, cada experiência. Quando ela entrou para a turma de espanhol avançado, insistiu para que eu entrasse também, embora eu nem soubesse nada do idioma. Ela dizia que era "para nossa viagem para Cabo, após a formatura". Eu queria mesmo era ir para as Ilhas Galápagos ver a patola-de-pés-azuis. Meu pai disse que me levaria, mas eu não contei a Taylor. Ela não ia gostar nadinha de saber disso.

Fui buscá-la no aeroporto com minha mãe. Ela usava um short curto e uma regata que eu nunca tinha visto. Quando a abracei, tentei não soar invejosa ao perguntar:

— Onde você arrumou essa roupa?

— Presente da minha mãe — explicou, me entregando uma das malas. — É uma graça, não acha?

— Muito.

A mala estava pesada. Achei que ela talvez tivesse esquecido que só ficaria uma semana com a gente.

— Ela está se sentindo culpada por causa do divórcio, então começou a comprar um monte de coisas pra mim — continuou Taylor, revirando os olhos. — Também me levou para fazer as unhas. Olha só! — Ela ergueu a mão direita, com as unhas longas e quadradas pintadas com um esmalte cor de framboesa.

— São de verdade?

— Claro! Dã! Eu não uso unhas postiças, Belly.

— Achei que você precisasse deixar as unhas curtas por causa do violino.

— Ah, é. Mamãe finalmente me deixou largar o violino. Obrigada, divórcio! — Então completou, com um ar de quem entende bem do assunto: — Você sabe como é.

Taylor era a única garota da nossa idade que ainda chamava a mãe de mamãe. Também era a única que não era ridicularizada por causa disso.

Os garotos no aeroporto não tiraram os olhos dela, dando uma boa conferida nos seios e no cabelo loiro. É um sutiã *com enchimen-*

to, eu queria dizer. É meio frasco de xampu clareador. O cabelo da Taylor não era tão amarelo. Mas é claro que eles não ligavam para isso.

Meu irmão era o único que não estava nem aí para ela, porque a achava extremamente irritante. Fiquei me perguntando se ele já tinha alertado Conrad e Jeremiah a respeito dela.

— Oi, Ste-ven — cumprimentou Taylor, em uma voz cantada.

— Oi — murmurou ele.

Taylor se virou para mim, revirando os olhos. *Chato*, fez com os lábios, sem emitir som, enfatizando o fim da palavra.

Dei risada.

— Taylor, esses são Conrad e Jeremiah. O Steven você já conhece, né?

Eu estava curiosa para saber quem ela escolheria. Quem acharia mais bonito, mais engraçado. Melhor.

— Oi — cumprimentou ela, examinando-os, e eu logo soube que Conrad era o escolhido.

Fiquei feliz, porque eu sabia que Conrad nunca se sentiria atraído por ela.

— Oi — responderam os garotos.

Então Conrad voltou a atenção para a TV, como eu sabia que faria. Jeremiah lançou um de seus sorrisos maliciosos e disse:

— Então você é amiga da Belly, é? A gente achava que ela não tinha amigos.

Fiquei esperando que ele sorrisse para mim, para mostrar que estava brincando, mas fui ignorada.

— Cala a boca, Jeremiah! — retruquei.

Ele finalmente sorriu para mim, mas de um jeito superficial, logo se voltando para Taylor.

— Belly tem milhares de amigos — informou Taylor, com seu ar descolado. — Eu por acaso pareço alguém que andaria com uma esquisitona?

— Sim — disparou meu irmão, do sofá. — Parece.

— Me deixa em paz, Steven — disse Taylor, de cara feia. Ela se virou para mim: — Por que você não me mostra o nosso quarto?

— Sim, Belly, por que não faz isso? Por que não vai logo ser a escrava da Taylor? — comentou Steven, se deitando outra vez.

Eu fingi que não era comigo.

— Vamos, Taylor.

Logo que chegamos, Taylor se jogou na cama perto da janela, que era a minha — eu sempre dormia ali.

— Ai, meu Deus, ele é tão fofo!

— Qual deles? — perguntei, embora já soubesse a resposta.

— O moreno, óbvio. Adoro homens morenos.

Revirei os olhos por dentro. Homens? Taylor só tinha saído com dois garotos, e nenhum deles chegava perto de ser um homem.

— Duvido que role alguma coisa — avisei. — Conrad não liga para garotas.

Eu sabia que não era verdade. Ele ligava para garotas. Pelo menos tinha ligado bastante para aquela Angie, do último verão, com quem chegara aos finalmentes.

Os olhos castanhos de Taylor brilharam.

— Amo desafios. Não lembra que eu consegui me eleger presidente do grêmio no ano passado? E representante de turma no ano retrasado?

— Claro que lembro. Eu era sua gerente de campanha. Mas o Conrad é diferente. Ele... — Hesitei, procurando a palavra certa para fazer com que Taylor desistisse. — É meio... perturbado, sabe?

— Como assim?

Voltei atrás na mesma hora. Talvez "perturbado" fosse uma palavra forte demais.

— Não quis dizer exatamente "perturbado", mas ele pode ser meio intenso. Fechado. É melhor tentar o Jeremiah. Acho que faz mais o seu tipo.

— E o que isso significa, Belly? — perguntou. — Que eu sou fútil? Rasa?

Jenny Han

— Bem...

Ela era tão rasa quanto uma piscininha infantil.

— Esquece.

Taylor abriu a mala e começou a tirar suas coisas lá de dentro.

— Jeremiah é bonitinho, mas eu quero o Conrad. Vou virar a cabeça daquele menino.

— Depois não diga que não avisei.

Eu não via a hora de dizer que tinha avisado, faria isso assim que o momento chegasse. E queria que chegasse logo.

Ela pegou um biquíni amarelo de bolinhas.

— Será que o Conrad vai achar intenso o bastante?

— Esse biquíni não cabe nem na Bridget! — respondi.

A irmãzinha da Taylor, Bridget, tinha sete anos, e era pequena para a idade.

— Exatamente.

Revirei os olhos.

— Depois não diga que eu não avisei. E você está sentada na minha cama.

Colocamos as roupas de banho. Taylor se enfiou no biquíni minúsculo, e eu botei um maiô preto com sutiã reforçado e decote bem fechado. Enquanto nos trocávamos, ela me observou e disse:

— Belly, seus peitos cresceram mesmo.

Enfiei uma camiseta pela cabeça, retrucando:

— Não é pra tanto.

Mas era verdade, meus peitos tinham crescido. Quase da noite para o dia. Não eram daquele tamanho no verão anterior, eu tinha certeza. Eu os odiava. Eles me deixavam mais lenta, e eu não conseguia mais correr, o que era vergonhoso. Por isso usava camisetas largas e maiôs.

Eu não ia aguentar os meninos falando dos meus peitos. Eles com certeza iam implicar, Steven ia me mandar vestir uma roupa, e eu procuraria o buraco mais próximo para enfiar a cabeça.

O VERÃO QUE MUDOU MINHA VIDA

— Qual seu tamanho agora? — perguntou Taylor, com um tom acusatório.

— M — menti. Estava mais para um G.

Taylor pareceu aliviada.

— Ah, então estamos usando o mesmo, porque eu também sou praticamente M. Por que não usa um dos meus biquínis? Parece que você é da equipe de natação com esse maiô.

Ela me deu um biquíni de listras azuis e brancas, com laços vermelhos nas laterais.

— Eu *sou* da equipe de natação — lembrei.

Eu sempre competia no inverno, porque no verão estava sempre em Cousins. Fazer parte da equipe de natação me dava a sensação de que era apenas uma questão de tempo até eu estar na praia novamente.

— Ah, é mesmo… — retrucou Taylor. Ela balançou o biquíni de um lado para o outro. — Vai ficar *tão* bonitinho em você, com esse cabelo castanho e esses peitos novos.

Fiz uma careta e empurrei o biquíni para longe.

Parte de mim queria me exibir e surpreendê-los, mostrando como eu tinha crescido, como era uma garota de verdade; mas outra, mais sensata, sabia que aquilo seria meu fim. Steven jogaria uma toalha em cima de mim, e eu me sentiria com dez anos de novo, não com treze.

— Por que não?

— Eu gosto de nadar bastante — respondi.

O que era verdade. Eu gostava.

Ela deu de ombros.

— Tudo bem, mas não venha me culpar quando os garotos não falarem com você.

Dei de ombros também.

— Não ligo se eles falam ou não comigo, eu não penso neles desse jeito.

— Ah, está bom. Você é, tipo, obcecada pelo Conrad desde que nos conhecemos! Você não trocou uma palavra com os garotos da escola no ano passado.

— Taylor, isso faz muito tempo. Eles são como irmãos pra mim, de verdade. São todos que nem o Steven — retruquei, vestindo um short de ginástica. — Pode falar com eles à vontade.

A verdade era que eu gostava dos dois de maneira diferente, mas não queria que ela soubesse. Gostar de qualquer um deles, depois que ela escolhesse, seria como ficar com as suas sobras. Não que isso fosse mudar a decisão da Taylor. Ela já tinha escolhido Conrad. Minha vontade era implorar que ela escolhesse qualquer um menos Conrad, mas isso não funcionaria, na verdade. Eu também ficaria com ciúme se ela desse em cima de Jeremiah, porque ele era *meu* amigo, não dela.

Taylor levou séculos para resolver que par de óculos escuros combinava mais com o biquíni (ela tinha levado quatro) e pegou também duas revistas e o óleo de bronzear. Quando saímos, os garotos já estavam na piscina.

Tirei a roupa depressa, pronta para mergulhar, mas Taylor hesitou, ainda enrolada na toalha. Percebi que ela estava desconfortável por causa do biquíni pequeno, e gostei disso. Eu estava um pouco de saco cheio daquele exibicionismo todo.

Os meninos nem olharam para a gente. Eu tinha medo de que, com a presença de Taylor, eles talvez agissem de maneira diferente. Mas lá estavam os garotos de sempre, afundando a cabeça uns dos outros na água.

Chutando os chinelos para longe, anunciei:

— Vamos pra piscina.

— Eu queria ficar um pouco no sol — disse Taylor. Ela finalmente se desenrolou da toalha e a estendeu em uma espreguiçadeira. — Não quer deitar um pouco?

— Não. Está calor demais, quero nadar. E já estou bronzeada.

Era verdade. Minha pele estava caramelo-escuro. Eu me tornava uma pessoa muito diferente no verão, o que era ótimo.

Taylor, por sua vez, estava ridiculamente branca, uma boneca de porcelana. Mas eu sabia que não por muito tempo. Ela era boa naquilo.

Tirei os óculos e os deixei em cima das roupas, então fui até a parte funda da piscina e mergulhei. Senti um choque no corpo, mas um choque maravilhoso. Quando subi para tomar ar, joguei água nos garotos.

— Vamos brincar de Marco Polo — pedi.

Steven, que estava tentando afogar Conrad, parou e falou:

— Marco Polo é chato.

— Vamos brincar de briga de galo — sugeriu Jeremiah.

— O que é isso? — perguntei.

— A gente forma duas duplas, cada dupla com uma pessoa no ombro da outra, e uma tenta derrubar a outra — explicou meu irmão.

— É legal, eu juro — garantiu Jeremiah. Então chamou Taylor:

— Tyler, quer brincar de briga de galo com a gente? Ou não tem coragem?

Taylor espiou por cima da revista. Não dava para ver os olhos dela por causa dos óculos escuros, mas percebi que ela tinha se incomodado por seu nome ter sido pronunciado errado.

— É Tay-lor, não Tyler, Jeremy. E não, não quero brincar.

Steven e Conrad se entreolharam. Eu sabia o que se passava na cabeça deles.

— Vamos, Taylor, vai ser divertido — falei, revirando os olhos. — Deixa de ser covarde.

Ela encenou um grande suspiro, então largou a revista e se levantou, ajeitando a parte de trás do biquíni.

— Preciso tirar os óculos escuros?

Jeremiah sorriu.

— Não se ficar no meu time. Você não vai cair.

Taylor tirou os óculos mesmo assim, e só então percebi que os times estavam desiguais e que alguém teria que ficar de fora.

— Eu posso só assistir — ofereci, mesmo querendo brincar.

— Tudo bem, não vou entrar nesta — disse Conrad.

— Vamos fazer duas rodadas — propôs Steven.

Conrad deu de ombros.

— Tanto faz.

Ele nadou até a beira da piscina.

— Eu escolho a Tay-lor — anunciou Jeremiah.

— Não é justo, ela é mais leve — reclamou Steven, e então viu a cara que eu fiz. — É que você é mais alta que ela, só isso.

Eu não queria mais brincar.

— É melhor eu ficar só olhando. Não quero quebrar sua coluna, Steven.

— Hum, eu fico com você, Belly. Vamos ganhar desses dois. Aposto que você é mais durona que a pequena Tay-lor — provocou Jeremiah.

Taylor desceu os degraus e entrou na piscina devagar, tremendo por causa da temperatura da água.

— Eu sou bem durona, Jeremy — retrucou.

Jeremiah se abaixou na água, e eu subi nos ombros dele. Estavam escorregadios, então foi difícil ficar parada no começo. Ele se levantou e endireitou o corpo.

Eu me mexi e passei as mãos no cabelo dele.

— Sou muito pesada? — perguntei, baixinho.

Ele era tão fraco e magrinho, eu tinha medo de machucá-lo.

— Você não pesa nada — mentiu ele, respirando fundo e segurando minhas pernas.

Tive vontade de dar um beijo na cabeça dele.

Taylor estava empoleirada nos ombros do Steven, bem na nossa frente, rindo e puxando-o pelo cabelo para tentar se equilibrar. Meu irmão parecia prestes a arrancá-la de cima dele e jogá-la do outro lado da piscina.

— Prontos? — perguntou Jeremiah. E, para mim, em um sussurro, disse: — O truque é se manter equilibrada.

Steven assentiu, e fomos para o meio da piscina.

Conrad, que estava do lado de fora, disse:

— Preparar, apontar, já!

O VERÃO QUE MUDOU MINHA VIDA

Taylor e eu esticamos os braços e começamos a nos empurrar. Ela não conseguia parar de rir, e, quando eu dei um empurrão mais forte, soltou um "Ah, droga!" e caiu para trás com Steven.

Jeremiah e eu começamos a rir e nos cumprimentamos com um *high-five*. Quando eles voltaram para a superfície, meu irmão se virou para Taylor e gritou:

— Eu falei pra segurar firme!

Ela jogou água no rosto do Steven.

— Eu segurei!

O delineador estava borrado e o rímel tinha começado a sair, mas ela continuava bonita.

— Belly? — chamou Jeremiah.

— Hum? — respondi.

Eu estava começando a me sentir confortável lá em cima, no alto.

— Cuidado.

Ele se jogou para a frente e, como eu não conseguia parar de rir, acabei engolindo um tanto de água, mas não liguei.

Quando nos levantamos, pulei nele de surpresa e dei um belo caldo.

— Vamos brincar de novo — sugeriu Taylor. — Eu faço par com o Jeremy desta vez. Steven, você pode ficar com a Belly.

Steven ainda estava emburrado, então disse:

— Con, assume meu lugar.

— Tudo bem — concordou Conrad, mas, pela voz, não parecia estar com a menor vontade de brincar.

Ele nadou até mim, e falei, na defensiva:

— Não sou tão pesada assim.

— Eu nunca disse que era.

Subi nos ombros dele. Eram mais musculosos que os de Jeremiah, mais fortes.

— Tudo bem aí em cima?

— Tudo.

Taylor, na nossa frente, estava com dificuldade para subir em Jeremiah. Ela escorregava, rindo sem parar. Os dois estavam achando aquilo muito engraçado. Engraçado até demais. Mordida de ciúme, fiquei observando a cena e demorei a perceber que Conrad estava segurando minhas pernas. O máximo de contato entre a gente havia sido quando ele esbarrou sem querer no meu joelho.

— Andem, vamos brincar — chamei.

O ciúme na minha voz era evidente até para mim. Odiei aquilo.

Conrad andou tranquilamente até o centro da piscina. Eu estava um pouco surpresa com a facilidade com que ele se movia com meu peso extra nos ombros.

— Prontos? — perguntou ele a Jeremiah e Taylor, que finalmente tinham conseguido se levantar.

— Sim! — gritou ela.

Vocês vão cair, pensei.

— Sim! — falei, em voz alta.

Eu me inclinei para a frente e empurrei Taylor com força. Ela oscilou, mas continuou ali.

— Ei! — disse ela.

Eu sorri.

— Ei — respondi.

E a empurrei novamente.

Taylor estreitou os olhos e revidou. Com força, mas não o bastante. Então nós duas nos empurramos, só que dessa vez foi muito mais fácil, porque eu me sentia segura. Eu a empurrei uma última vez, com firmeza, e Taylor caiu para a frente, mas Jeremiah continuou de pé. Bati palmas com força. Aquilo era mesmo divertido.

Fiquei surpresa quando Conrad ergueu a mão para me cumprimentar. Ele não era chegado a esse tipo de coisa.

Dessa vez, quando voltou à superfície, Taylor não estava rindo. O cabelo loiro estava colado à cabeça.

— Esta brincadeira é um saco — disse ela. — Não quero mais brincar.

— Não sabe perder — provoquei, e Conrad se abaixou na água para eu poder descer.

O VERÃO QUE MUDOU MINHA VIDA

— Bom trabalho — elogiou, dando um de seus raros sorrisos.

Senti como se tivesse ganhado na loteria.

— Eu jogo pra ganhar — respondi.

E sabia que ele também.

17

Alguns dias depois do episódio no cinema, Jeremiah anunciou:

— Hoje vou ensinar a Belly a dirigir com câmbio manual.

— Sério? — perguntei, ansiosa.

O dia estava claro, o primeiro da semana assim. O tempo perfeito para dirigir. Jeremiah estava de folga, e eu não conseguia acreditar que ele estava disposto a passar o tempo livre me ensinando a dirigir. Steven tinha tentado uma vez, mas desistira depois da terceira aula.

Meu irmão balançou a cabeça e tomou um gole de suco de laranja direto da caixa.

— Está querendo morrer, cara? Belly vai matar vocês dois, sem contar que não vai sobrar nada da sua embreagem. Pula fora dessa. Quem avisa amigo é.

— Cala a boca, Steven! — gritei, chutando-o por baixo da mesa.

— Só porque você é um péssimo professor...

Steven se recusava a entrar em um carro conduzido por mim desde que eu acidentalmente fizera um amassadinho minúsculo no para-lama enquanto ele me ensinava a fazer baliza.

— Confio nas minhas habilidades de professor — interrompeu Jeremiah. — Quando terminarmos, Belly vai dirigir melhor do que você.

— Boa sorte — respondeu Steven, e bufou, então franziu a testa.

— Quanto tempo vai levar? Achei que a gente fosse jogar golfe.

— Você pode vir com a gente — sugeri.

Steven me ignorou e continuou falando com Jeremiah:

— Você precisa praticar suas tacadas, cara.

Olhei para Jeremiah, que me encarou de volta e hesitou.

— No almoço já estaremos de volta. Podemos jogar à tarde.

Steven revirou os olhos.

— Ótimo.

Notei que meu irmão estava irritado e um pouco magoado, o que me deixou ao mesmo tempo convencida e com um pouco de pena. Ele não estava acostumado a ser deixado de lado, como acontecia comigo.

Saímos para praticar na estrada que levava ao outro lado da praia. Era um lugar calmo e não tinha mais ninguém na via, só nós dois. Ficamos ouvindo o CD velho do Jeremiah, *Nevermind*, que já tinha milhões de anos.

— Acho bem atraente quando uma garota sabe dirigir — explicou Jeremiah. — Mostra que ela é confiante, que sabe o que está fazendo.

Coloquei o carro na primeira e fui tirando o pé da embreagem bem devagar.

— Pensei que os caras gostassem de garotas indefesas.

— E gostam. Mas eu prefiro garotas inteligentes e seguras.

— Que mentira. Você gostou da Taylor, e ela não é nada disso.

Ele soltou um gemido e apoiou o braço na janela.

— Você precisa mesmo voltar a esse assunto?

— Só estou dizendo que ela não era tão inteligente e segura assim.

— Talvez não, mas ela definitivamente sabia o que estava fazendo — retrucou, antes de soltar uma gargalhada.

Dei um tapão no braço dele.

— Você é nojento. E também é um mentiroso. Sei que vocês não chegaram a fazer nada.

Ele parou de rir.

— Tudo bem, é verdade. Mas ela beijava bem. Tinha gosto de bala.

Taylor amava bala, estava sempre comendo uma, como se elas fossem vitaminas e fizessem bem à saúde. Fiquei me perguntando se ele achava meu beijo melhor que o da Taylor.

Dei uma olhadinha para ele, que devia ter reparado na minha cara, porque riu e disse:

— Você é melhor, Bells.

Dei outro tapa no braço do Jeremiah, que ria cada vez mais.

— Não tire o pé da embreagem — avisou, gargalhando.

Eu estava surpresa por ele ter lembrado. Quer dizer, tinha sido inesquecível para mim, mas fora meu primeiro beijo. E com *Jeremiah*. Por isso não liguei tanto por ele achar graça daquilo, porque pelo menos ele lembrava.

— Foi meu primeiro beijo — comentei.

Eu me sentia à vontade para falar qualquer coisa com ele. Por um momento, voltei ao passado, quando tudo era simples, amigável, normal entre a gente. Antes de as coisas ficarem complicadas.

Ele desviou o olhar, envergonhado.

— É, eu sei.

— Como é que você sabe?

Será que o beijo tinha sido tão ruim assim, para ele deduzir que fora o primeiro? Que humilhação.

— Hum, Taylor me contou. Depois.

— O quê? Não acredito! Que traidora!

Quase parei o carro. Na verdade, eu sabia que era a cara dela ter feito aquilo. Mas mesmo assim me senti traída.

— Não é nada de mais. — As bochechas dele estavam vermelhas. — Quer dizer, meu primeiro beijo foi um desastre. A garota ficava me falando que eu estava fazendo tudo errado.

— Quem era? Com quem foi seu primeiro beijo?

— Você não conhece. Não importa.

— Ah, qual é. Conta — insisti.

Deixei o carro morrer.

— Pisa na embreagem e coloca em ponto morto — orientou Jeremiah.

— Só se você me contar.

— Tudo bem. Foi com a Christi Turnduck — revelou, abaixando a cabeça.

— Você beijou *aquela menina*?

O VERÃO QUE MUDOU MINHA VIDA

Agora eu é quem estava rindo. Conhecia Christi Turnduck; era uma frequentadora assídua daquela praia, assim como nós. Só que ela passava o ano todo lá.

— Ela era apaixonada por mim — explicou Jeremiah, dando de ombros.

— Você contou para o Con e para o Steven?

— Nossa, claro que não. E é melhor você também não contar! Tem que prometer! E dando o dedinho.

Estendi o dedo mindinho para ele e selamos a promessa.

— Christi Turnduck. Ela beijava bem, me ensinou tudo que eu sei. O que será que aconteceu com ela?

Fiquei me perguntando se Christi também beijava melhor do que eu. Devia beijar, já que tinha ensinado tudo ao Jeremiah.

Deixei o carro morrer de novo.

— Que saco! Desisto!

— Não tem essa de desistir de dirigir — decretou Jeremiah. — Vamos lá.

Suspirei e dei a partida outra vez. Duas horas depois, tinha aprendido. Mais ou menos. Ainda deixava o carro morrer, mas estávamos fazendo progressos. Eu estava dirigindo. Jeremiah disse que eu tinha talento para a direção.

Quando chegamos em casa, já passava das quatro da tarde, e Steven tinha saído sozinho. Supus que ele havia se cansado de esperar e ido jogar golfe sozinho. Minha mãe e Susannah estavam assistindo a filmes antigos no quarto da Susannah; o quarto estava escuro, com as cortinas fechadas.

Fiquei parada do lado de fora, escutando enquanto elas riam. Eu me sentia excluída. Invejava a relação delas. Eram como copilotas em equilíbrio perfeito. Eu não tinha uma amizade daquelas, o tipo de amizade que duraria uma vida inteira, não importava o que houvesse.

Entrei no quarto, e Susannah disse:

— Belly! Venha ver um filme com a gente.

Eu me enfiei na cama entre as duas. Deitada ali, na penumbra, me sentia protegida, como se estivéssemos em uma caverna.

— Jeremiah está me ensinando a dirigir — contei.

— Ele é mesmo um querido — comentou Susannah, com um leve sorriso.

— E corajoso — completou minha mãe, apertando meu nariz de brincadeira.

Eu me aconcheguei no edredom. Jeremiah era mesmo o máximo. Foi muito legal da parte dele me levar para dirigir quando ninguém mais tinha se disposto a fazer isso. Só porque eu havia batido o carro algumas vezes não significava que não conseguiria ser uma boa motorista, como qualquer outra pessoa. Graças a ele, eu agora sabia dirigir. Estava me tornando uma garota confiante, do tipo que sabe o que está fazendo. Quando eu tirasse a carteira, dirigiria até a casa da Susannah e levaria Jeremiah para um passeio, só para agradecer.

18

Quatorze anos

TAYLOR TOMOU BANHO E FOI REMEXER A MALA ENQUANTO EU OBSER-vava da cama. Ela pegou três vestidos: um branco de renda, um florido e outro de linho preto.

— Qual você acha que eu uso hoje à noite? — perguntou, como se quisesse me testar.

Eu estava cansada daqueles testes-surpresa e de ter que provar o tempo todo que eu era boa.

— A gente só vai jantar, Taylor. Não vamos a nenhum lugar especial.

Ela balançou a cabeça, desapontada.

— Nós também vamos passear no calçadão, lembra? E temos que estar bem bonitas. Vai ter um monte de garotos lá. Vou escolher uma roupa pra você, ok?

Em geral, quando Taylor escolhia minhas roupas, eu me sentia como aquela garota nerd que passa por uma transformação radical e surpreende todo mundo no baile. No bom sentido. Só que naquele dia eu me sentia uma mãe antiquada que não sabia como se vestir.

Eu nem havia levado vestido. Na verdade, eu mal usava vestidos. Só tinha dois deles em casa: um que tinha ganhado da minha avó na Páscoa e outro que comprara para a formatura do nono ano, e nenhum dos dois me servia mais, estavam muito curtos ou apertados na cintura. Nunca tinha ligado muito para eles, mas fiquei com inveja dos da Taylor, estendidos na cama.

— Eu não vou me arrumar toda só para andar no calçadão — protestei.

— Deixa eu ver o que você trouxe — pediu ela, avançando até o meu armário.

— Taylor, eu já disse que não! É isso aqui mesmo que eu vou usar, olha — apontei para meu short rasgado e a camiseta-suvenir da cidade.

Taylor fez careta, mas se afastou do armário e voltou para suas roupas.

— Tudo bem. Como quiser, ranzinza. Agora me diga, qual dos três eu uso?

Soltei um suspiro.

— O preto — decidi, fechando os olhos. — Agora vai se vestir de uma vez.

O jantar foi vieiras com aspargos. Sempre que minha mãe cozinhava, o jantar era algum fruto do mar temperado no limão e no azeite e algum legume. Sempre. Susannah só cozinhava de vez em quando, então, fora o caldo de frutos do mar que a gente sempre tomava na primeira noite, nunca sabíamos o que esperar. Ela podia passar a tarde toda na cozinha, preparando um prato do qual eu nunca ouvira falar, como frango marroquino com figos; usar seu livro de receitas — era um daqueles antigos, encadernados com espiral, cheio de páginas engorduradas e com margens cobertas de anotações, com o qual minha mãe tanto implicava —; ou fazer omelete de queijo com ketchup e torradas. Nós, as crianças, éramos responsáveis pelo jantar uma vez por semana, e em geral isso significava hambúrgueres ou pizza congelada. Mas quase sempre comíamos o que quiséssemos, na hora em que quiséssemos. Eu adorava isso. Em casa, jantávamos pontualmente às seis e meia, todas as noites. Na praia, era como se tudo fosse mais tranquilo. Até a rigidez da minha mãe parecia diminuir.

Taylor se inclinou para a frente e perguntou:

— Laurel, qual foi a coisa mais maluca que você e a Susannah fizeram quando tinham nossa idade?

Taylor sempre falava com as pessoas como se estivesse em uma festa do pijama. Qualquer um, não importava se eram adultos, garotos ou a atendente da lanchonete.

Minha mãe e Susannah se entreolharam e sorriram. Elas sabiam, mas não iam nos contar. Minha mãe limpou a boca com o guardanapo e respondeu:

— Uma noite, invadimos o campo de golfe e plantamos margaridas.

Eu sabia que não era verdade, mas Steven e Jeremiah deram risada. Steven, com aquele jeito irritante de sabe-tudo, comentou:

— Até na adolescência vocês eram super sem graça.

— Eu achei fofo — retrucou Taylor, espirrando um bocado de ketchup no prato.

Ela colocava ketchup em tudo: ovos, pizza, macarrão... tudo.

Conrad, que eu achei que nem estivesse ouvindo, disparou:

— Que mentira. Essa não foi a coisa mais maluca que vocês já fizeram.

Susannah ergueu as mãos, se rendendo.

— As mães também têm seus segredos. Eu não fico perguntando os de vocês, fico?

— Fica — rebateu Jeremiah, apontando para ela com o garfo. — Você pergunta o tempo todo. Se eu tivesse um diário, você ia querer ler.

— Não ia, não — protestou Susannah.

— Ia, sim — interveio minha mãe.

Susannah olhou feio para ela.

— Eu nunca faria isso! — Então cedeu, virando-se para os filhos: — Tudo bem, eu leria. Mas só o do Conrad. Ele é cheio de segredos, e nunca sei o que se passa na cabeça dele. Mas você, não, Jeremiah. Você, meu garotinho, é um livro aberto.

— Não sou, não — protestou Jeremiah, espetando uma vieira. — Eu tenho meus segredos.

— Claro que tem, Jeremy — comentou Taylor, naquele tom de flerte enjoado.

Jeremiah sorriu para ela, o que me fez querer morrer engasgada com o aspargo.

— Taylor e eu vamos ao calçadão hoje à noite — anunciei. — Alguém pode dar carona pra gente?

Antes que minha mãe e Susannah pudessem responder, Jeremiah falou:

— Aaah, o calçadão. A gente poderia ir também. — Virando-se para Conrad e Steven, acrescentou: — Né?

Em geral eu ficaria animada por um deles querer ir a algum lugar em que eu também iria, mas não daquela vez. Porque sabia que não era por minha causa.

Olhei para minha amiga, que de repente parecia muito ocupada em cortar as vieiras em pedacinhos minúsculos. Taylor também sabia que aquilo era por ela.

— O calçadão é chato — protestou Steven.

— Não quero ir — disse Conrad.

— E quem convidou vocês? — retruquei.

Steven revirou os olhos.

— Ninguém precisa de convite para ir ao calçadão. É só ir. Este é um país livre.

— Este é um país livre? — interveio minha mãe. — Melhor pensar um pouco nisso que acabou de dizer, Steven. E as liberdades civis? Será que somos realmente livres...?

— Laurel, por favor — pediu Susannah, balançando a cabeça. — Nada de política durante o jantar.

— Pois eu não conheço nenhum momento melhor para uma conversa sobre política — retrucou minha mãe, em uma voz muito calma.

Então olhou para mim, e movi os lábios sem emitir som, pedindo *Pare, por favor*. Ela suspirou.

— Tudo bem, tudo bem. Nada de política. Vou à livraria no centro da cidade. Deixo vocês no caminho.

— Obrigada, mãe. Vamos só eu e a Taylor.

Jeremiah me ignorou e se virou para Steven e Conrad, insistindo:

— Vamos lá, pessoal. Vai ser *incrível*.

Taylor tinha passado o dia inteiro chamando tudo de incrível.

— Tudo bem, mas eu vou ao fliperama — disse Steven.

— Con?

Jeremiah olhou para o irmão, que balançou a cabeça.

— Vamos, *Con* — chamou Taylor, cutucando ele com o garfo. — Vem com a gente.

Conrad balançou a cabeça de novo, e Taylor fez careta.

— Tudo bem. Vamos nos divertir muito sem você.

— Fica tranquila — disse Jeremiah. — Conrad vai se divertir muito lendo a *Enciclopédia Britânica*.

Conrad não deu bola, mas Taylor riu e colocou o cabelo atrás da orelha. Foi quando percebi que ela estava a fim de Jeremiah.

— Mas lembrem de levar dinheiro pro sorvete — lembrou Susannah.

Dava para ver que ela estava feliz por estarmos saindo todos juntos, exceto Conrad, que naquele verão só queria ficar sozinho. Nada a deixava mais feliz do que planejar atividades para a gente. Acho que ela daria uma boa diretora de acampamento de férias.

No carro, enquanto esperávamos minha mãe e os garotos, sussurrei para Taylor:

— Achei que você tivesse gostado do Conrad.

Ela revirou os olhos.

— Blergh. Ele é um chato. Prefiro o Jeremy.

— O nome dele é Jeremiah — retruquei, em um tom azedo.

— Eu *sei*. — Ela me encarou, estreitando os olhos. — Por quê? Você gosta dele agora?

— Não!

Ela bufou, impaciente.

— Belly, você precisa escolher um! Não pode ficar com os dois.

— Eu sei disso. E, pra sua informação, não quero nenhum dos dois. Eles nem olham pra mim desse jeito. Pra eles eu sou uma irmãzinha mais nova.

Taylor puxou a gola da minha camiseta.

— Bem, se você usasse um decote maior...

Afastei a mão dela.

— Não vou usar decote nenhum. E já falei que não gosto de nenhum dos dois. Não mais.

— Então tudo bem se eu investir no Jeremy?

Percebi que ela só estava perguntando aquilo para se absolver de qualquer culpa futura. Não que estivesse se sentindo culpada, claro.

— Se eu dissesse que não, você ia desistir dele?

Ela pensou por um segundo.

— Provavelmente. Mas só se você se importasse de verdade. E então partiria para o Conrad. Eu estou aqui pra me divertir, Belly.

Soltei um suspiro. Pelo menos ela estava sendo sincera. Quis dizer que achei que ela estivesse ali para se divertir *comigo*, mas me segurei.

— Pode investir no Jeremiah. Eu não ligo.

Taylor ergueu as sobrancelhas, o movimento que era sua marca registrada.

— Isso! Vai ser ótimo!

— Espera. — Segurei-a pelo pulso. — Promete que vai ser legal com ele.

— Claro que vou ser legal. Eu sempre sou legal. — Ela me deu um tapinha no ombro. — Você se preocupa demais, Belly. Já falei, só quero me divertir.

Foi quando minha mãe e os meninos chegaram. Pela primeira vez, ninguém brigou pelo lugar da frente. Jeremiah o cedeu a Steven bem depressa.

Assim que chegamos ao calçadão, Steven foi direto para o fliperama, onde passou a noite inteira. Jeremiah ficou com a gente; aceitou até ir no carrossel, e eu sabia como ele achava aquilo ridículo. Ele se esticou todo em um trenó e fingiu que tirava um cochilo enquanto

Taylor e eu subíamos e descíamos montadas nos cavalos. Escolhi um palomino dourado, e ela montou em um corcel preto — apesar de Taylor nunca admitir, *Beleza Negra* sempre foi seu filme favorito. Depois, Taylor fez Jeremiah ganhar um bichinho de pelúcia para ela em uma barraca. Ele era excelente nesses jogos e ganhou um bicho enorme, quase da altura de Taylor — e foi ele quem carregou, claro.

Eu não devia ter ido junto. Devia ter previsto que passaria a noite inteira me sentindo invisível. Passei o tempo todo querendo estar em casa, ouvindo Conrad tocar violão no quarto ao lado ou vendo filmes do Woody Allen com Susannah e minha mãe. E eu nem gostava do Woody Allen. Fiquei imaginando como seria o resto da semana. Tinha me esquecido de como Taylor era, de como ela ficava quando queria alguma coisa: decidida, determinada, obcecada. Minha amiga mal chegara e eu já me sentia deixada de lado.

19

O VERÃO MAL TINHA COMEÇADO, E STEVEN JÁ ESTAVA INDO EMBORA. Ele e meu pai viajariam para conhecer universidades, mas depois, em vez de voltar para a praia, Steven iria direto para casa — supostamente para estudar para as provas de admissão, mas eu sabia que ele só queria ficar com a nova namorada.

Fui até o quarto dele para vê-lo arrumando as malas. Steven não tinha levado muita coisa, só uma mochila. De repente fiquei muito triste por ele estar de partida. A praia sem ele ficaria meio sem graça. Steven era nossa memória, um lembrete de carne e osso de que nada muda de verdade, de que tudo continua sempre igual. Porque Steven nunca mudou; ele era apenas Steven, meu irmão mais velho inconveniente e insuportável, a razão da minha existência. Era como aquele cobertor velho de flanela que cheira a cachorro molhado: fedorento, confortável e parte fundamental do ambiente de um lar. Com ele lá, tudo permanecia igual: três contra uma, meninos contra menina.

— Não queria que você fosse — confessei, me sentando e abraçando os joelhos.

— Vamos nos ver daqui a um mês — lembrou ele.

— Um mês e meio — corrigi. — Você sabe que vai perder meu aniversário, né?

— Mas dou seu presente quando você voltar pra casa.

— É, mas não é a mesma coisa. — Eu sabia que estava sendo infantil, mas não conseguia evitar. — Pelo menos vai mandar um cartão-postal?

Steven fechou a mochila.

— Acho que não vou ter tempo. Mas mando uma mensagem.

— Traz um moletom de Princeton pra mim?

Eu não via a hora de usar um moletom de universidade. Era uma espécie de atestado de maturidade, um indicativo de que, mesmo que a pessoa ainda não estivesse na faculdade, faltava pouco. Queria uma gaveta cheia desses moletons.

— Se eu lembrar...

— Pode deixar que eu lembro você. Mando uma mensagem.

— Certo. Vai ser seu presente de aniversário.

— Combinado. — Eu me deitei na cama dele e apoiei os pés na parede. Steven detestava quando eu fazia isso. — Talvez eu fique com um pouquinho de saudade, sabe?

— Você vai estar ocupada demais babando no Conrad para perceber que não estou aqui.

Respondi com uma careta.

Steven saiu bem cedo na manhã seguinte; Conrad e Jeremiah o levaram ao aeroporto. Eu desci para me despedir, mas não quis ir junto — sabia que eles não iam querer que eu fosse. Steven queria passar um tempo só com os garotos, e pela primeira vez eu estava disposta a permitir isso sem briga.

No abraço de despedida, ele lançou um daqueles seus olhares — com os olhos tristes, meio que franzindo a testa — e disse:

— Juízo, hein?

Ele falou aquilo de um jeito sério, como se estivesse tentando me dizer algo importante, como se quisesse que eu compreendesse alguma coisa.

Mas não compreendi.

— Juízo pra você também, seu mané.

Ele suspirou e balançou a cabeça, como se estivesse lidando com uma criança.

Tentei não deixar aquilo me incomodar. Steven estava indo embora, e as coisas não seriam as mesmas sem ele. Eu podia deixá-lo partir sem puxar nenhuma briguinha boba.

Jenny Han

— Manda um oi pro papai — pedi.

Em vez de voltar logo para a cama, fiquei um tempo na varanda, meio triste e chorosa. Mas claro que nunca admitiria isso para meu irmão.

Aquele de certa forma seria um último verão, e em muitos sentidos. Conrad começaria a faculdade no outono; ele ia para Brown e provavelmente não voltaria no verão seguinte. Na certa estaria fazendo algum estágio ou curso de férias, ou quem sabe um mochilão pela Europa com seus novos amigos. Tudo indicava que Jeremiah iria para o acampamento de futebol americano de que tanto falava. Só sei que muita coisa poderia acontecer até lá. De repente me ocorreu que eu precisava dar tudo de mim naquele verão, precisava que valesse a pena, para o caso de não haver outro. Eu ia fazer dezesseis anos, também estava ficando velha. As coisas não podiam continuar iguais para sempre.

20

Onze anos

Nós quatro estávamos deitados em uma canga enorme esticada na areia. Conrad, Steven, Jeremiah e eu, bem na beiradinha, no meu lugar — quando me deixavam ficar. Aquele era um desses raros dias.

Estava tão quente que meu cabelo parecia em chamas. Os meninos jogavam cartas, e eu só ouvia a conversa.

— Vocês preferem ser fritos no azeite ou ter a pele arrancada com uma faquinha de serra? — perguntou Jeremiah.

— Azeite — respondeu Conrad. — Acaba bem mais rápido.

— Azeite — repeti.

— Faca — anunciou Steven. — Tem mais chances de eu conseguir atacar o cara e arrancar a pele *dele*.

— Mas isso não é uma opção — retrucou Conrad. — A pergunta é como você prefere morrer, não como poderia se defender.

— Está bem. Azeite, então — disse Steven, emburrado. — E você, Jeremiah?

— Azeite. Sua vez, Con.

Conrad ergueu os olhos para o sol, estreitando-os bem, e perguntou:

— Vocês preferem um dia perfeito que se repetisse para sempre ou passar a vida inteira só tendo dias medianos?

Jeremiah ficou quieto por um tempo. Ele adorava aquela brincadeira, adorava cogitar as possibilidades.

— Se eu escolhesse um dia perfeito, saberia que ele estava se repetindo, tipo naquele filme, *O Feitiço do Tempo*?

— Não.

— Então eu escolho o dia perfeito.

— Bem, se o dia perfeito envolvesse... — começou Steven, mas olhou para mim e ficou quieto de repente. Eu odiava quando ele fazia aquilo. — Também fico com o dia perfeito.

— E você, Belly? — Conrad olhou para mim. — Prefere o quê?

Minha mente girava enquanto eu tentava encontrar a resposta certa.

— Hum... Acho que eu preferiria viver uma vida inteira de dias medianos. Pelo menos sempre teria a esperança de um dia perfeito. Não ia querer repetir o mesmo dia a vida inteira.

— É, mas você não ia saber — argumentou Jeremiah.

— Ah, no fundo, no fundo, a gente sempre sabe — retruquei, dando de ombros.

— Mas que idiotice — interveio Steven.

— Ah, não acho idiotice. Eu concordo.

Conrad me olhou do jeito que eu acho que os soldados olham uns para os outros quando estão no meio de uma guerra. Como se fôssemos um time.

Não consegui me segurar e fiz uma dancinha de deboche para Steven.

— Viu? Conrad concorda comigo.

— "Conrad concorda comigo" — repetiu Steven, em uma voz fininha e debochada. — Conrad me ama, Conrad é *maravilhoso*.

— Cala a boca, Steven! — gritei.

Ele riu e disse:

— Minha vez. Belly, você prefere comer maionese todos os dias ou passar o resto da vida assim, sem peitos?

Eu me virei, peguei um punhado de areia e joguei na cara dele. Steven estava rindo, então um bocado entrou na sua boca. Mais um tanto de areia grudou nas bochechas molhadas.

— Vou matar você, garota! — gritou ele, pulando em cima de mim.

Rolei para longe e consegui escapar, então retruquei, desafiadora:

— Me deixa em paz! Se você me machucar, vou contar tudo pra mamãe!

— Você é insuportável! — rebateu ele, agarrando minha perna com força. — Vou jogar você na água.

Tentei afastá-lo com um chute, mas só serviu para jogar mais areia em seu rosto, o que, claro, o deixou ainda mais furioso.

— Deixa ela em paz, Steven. Vamos dar um mergulho — sugeriu Conrad.

— É, vamos lá — concordou Jeremiah.

Steven hesitou.

— Tudo bem — aceitou meu irmão, cuspindo areia. — Mas vou matar você mesmo assim, Belly.

Ele apontou para mim e depois passou o dedo pela garganta, em um gesto ameaçador.

Mostrei o dedo do meio para ele e dei as costas, mas por dentro estava tremendo. Conrad tinha me defendido. Conrad se importava com minha vida e minha segurança.

Steven passou o resto do dia bravo, mas valeu a pena. Também foi bem irônico que ele tivesse implicado comigo por não ter peitos, porque dois verões depois eu comecei a precisar mesmo usar sutiã — e para valer.

21

Na noite em que Steven foi embora, desci para uma de minhas sessões de natação noturna e encontrei Conrad, Jeremiah e Clay Bertolet, nosso vizinho, bebendo cerveja sentados nas espreguiçadeiras. Clay morava mais para baixo na nossa rua e frequentava Cousins Beach havia quase tanto tempo quanto nós. Era um ano mais velho que Conrad, mas ninguém gostava muito dele. Acho que só o chamaram porque não tinham alternativa.

Travei na hora, enrolando a toalha mais junto ao corpo. Fiquei na dúvida se seria melhor voltar, porque Clay sempre me deixava nervosa. E eu não *precisava* nadar, podia deixar para a noite seguinte. Mas não voltei. Tinha tanto direito de estar ali quanto eles — talvez até mais.

Então me aproximei, fingindo confiança, e os cumprimentei. Só não tirei a toalha. Era estranho ficar ali de biquíni e toalha enquanto todos estavam vestidos.

Clay se virou para mim, estreitando os olhos.

— Oi, Belly. Quanto tempo! — Ele deu uma batidinha na espreguiçadeira ao lado da dele. — Senta aqui.

Eu odiava gente que falava "Quanto tempo!". É um cumprimento muito idiota. Mas me sentei mesmo assim.

Ele se inclinou e me deu um abraço. Clay cheirava a cerveja e perfume caro.

— E aí, como vai? — perguntou.

Conrad falou antes mesmo que eu pudesse responder:

— Ela está ótima. Mas já está na hora de dormir. Boa noite, Belly.

— Não vou dormir agora, vou nadar — retruquei, tentando não soar como uma garotinha de cinco anos.

— Acho que você deveria entrar — interveio Jeremiah, largando a cerveja. — Sua mãe vai ter um treco se souber que você andou bebendo.

— Quê? Eu não estou bebendo.

Clay estendeu sua Corona, dando uma piscadela.

— Então beba! — Ele parecia bêbado.

Hesitei, e Conrad disparou, irritado:

— Não faz isso, cara. Belly é uma criança, pelo amor de Deus.

Olhei feio para ele e retruquei:

— Para de falar como o Steven.

Por um ou dois segundos, cogitei aceitar a cerveja. Seria a primeira vez que eu beberia algo alcoólico, mas só estaria fazendo aquilo para contrariar Conrad, e não ia deixar que ele controlasse meus atos. Então me virei para Clay e recusei:

— Não quero, obrigada.

Conrad assentiu em um movimento imperceptível.

— Agora vai dormir, vai.

Eu me senti como quando Steven e Jeremiah me excluíam de propósito. Senti as bochechas ardendo.

— Sou só dois anos mais nova que você — rebati.

— Dois anos e três meses — corrigiu Conrad na mesma hora.

Clay riu, e senti seu hálito de cerveja.

— Droga, minha namorada tinha quinze. — Então olhou para mim antes de se corrigir: — Ex-namorada.

Abri um sorrisinho sem graça. Por dentro, só queria fugir dele e daquele bafo, mas Conrad nos olhou de um jeito que... Bem, eu estava adorando. Era ótimo estar roubando o amigo dele, mesmo que por apenas cinco minutos.

— Hã... Isso não é ilegal? — perguntei.

Clay riu de novo.

— Ah, Belly, você é muito fofa.

Senti o rosto vermelho.

— Hã... E então? Por que vocês terminaram?

Não sei por que perguntei, eu já sabia a resposta: porque Clay era um idiota. Sempre foi. Lembro que ele tentava dar aspirina para as gaivotas porque tinha ouvido em algum lugar que isso faria o estômago delas explodir.

Clay coçou a nuca.

— Não sei. Ela teve que ir pra um acampamento de equitação ou algo do tipo. E namoro a distância é uma merda.

— Mas seria só durante o verão — comentei. — Acho burrice terminar só por causa de um verão.

Eu tinha nutrido minha paixão por Conrad durante anos letivos inteiros; aquele sentimento aguentaria meses, anos até. Era como um alimento, algo que me sustentava. Se Conrad fosse meu namorado, eu nunca terminaria só por causa de um verão — ou de um ano.

Clay me encarou com aqueles olhos pesados, meio sonolentos, e perguntou:

— Você tem namorado?

— Tenho — respondi, inevitavelmente olhando para Conrad.

Está vendo?, queria dizer. *Não sou mais uma garotinha boba de doze anos apaixonada por você. Sou uma pessoa de verdade. Com um namorado de verdade.* Quem ligava se não era verdade? Os olhos de Conrad reluziram, mas seu rosto permaneceu inexpressivo. Jeremiah, por outro lado, pareceu surpreso.

— Você tem namorado, Belly? — Ele franziu a testa. — Você nunca contou pra gente.

— Não é nada sério. — Eu me concentrei em um fio solto do colchonete da espreguiçadeira. Já estava arrependida de ter mentido. — Na verdade, é totalmente sem compromisso.

— Está vendo? Qual o sentido de manter um relacionamento desses durante o verão? E se você conhecer outra pessoa? — Clay deu uma piscadela de brincadeira. — Tipo agora?

— A gente já se conhece há dez anos, Clay.

Não que ele tivesse reparado em mim antes, claro.

Ele me cutucou com o joelho.

— Prazer, Clay.

Eu ri, mesmo não tendo graça. Pareceu a coisa certa a fazer.

— Oi, eu sou a Belly.

— E aí, Belly? Quer ir na festa na fogueira na minha casa amanhã à noite? — perguntou ele.

— Hã... Claro — respondi, tentando não parecer animada demais.

Conrad, Steven e Jeremiah sempre iam à festa da grande fogueira de Quatro de Julho que Clay fazia, porque costumavam estourar fogos de artifício naquela área da praia. A mãe dele sempre providenciava ingredientes para os tradicionais petiscos de marshmallows assados no fogo com uma camada de chocolate entre eles. Uma vez pedi para Jeremiah me trazer um, e ele trouxe. Estava meio queimado e borrachudo, mas comi mesmo assim. Era um pedacinho da festa. Eles nunca me deixavam ir, e eu nunca tentava convencê-los; só ficava observando da varanda dos fundos da casa, de pijama, com minha mãe e Susannah. Elas bebiam champanhe, e eu tomava cidra sem álcool.

— Achei que você tinha vindo nadar — comentou Conrad, de repente.

— Minha nossa, Con, deixa ela em paz — interveio Jeremiah. — Ela vai nadar se quiser.

Jeremiah e eu nos entreolhamos como se quiséssemos dizer: *Por que Conrad está agindo como um pai chato?* Conrad jogou o cigarro na lata de cerveja meio vazia e retrucou:

— Faça o que quiser.

— Pode deixar — respondi, mostrando a língua para Conrad e me levantando.

Tirei a toalha e entrei de cabeça na piscina, em um mergulho perfeito. Fiquei submersa por um tempo e depois comecei a nadar de costas, para conseguir ouvir a conversa.

Clay comentou baixinho:

— Cara, esta cidade está ficando um saco. Quero voltar logo pra casa.

Jenny Han

— É, eu também — concordou Conrad.

Então Conrad queria ir embora? Bem, parte de mim já sabia disso, mas doeu escutar mesmo assim. Fiquei com vontade de responder: "Então vai logo de uma vez. Se não quer ficar, não fica. Vai embora." Mas eu não ia deixar que Conrad acabasse com meu bom humor, não quando as coisas finalmente estavam começando a melhorar.

Pelo menos eu tinha sido convidada para a festa de Quatro de Julho do Clay Bertolet. Eu agora era parte do grupo dos mais velhos. A vida era boa. Ou pelo menos estava ficando boa.

Passei o dia todo pensando no que usar. Como eu nunca tinha ido àquela festa, não fazia ideia do que as pessoas vestiam. Grandes chances de fazer frio, mas quem queria ir todo empacotado para uma festa com fogueira? Ainda mais na minha primeira festa. E também não queria que Conrad e Jeremiah me enchessem o saco por estar arrumada demais. Acabei decidindo ir de short e camiseta, descalça.

Quando chegamos lá, vi que tinha feito a escolha errada. As outras meninas estavam todas de vestido e minissaia, os pés calçados com botas. Eu saberia disso se tivesse amigas na cidade.

— Você não disse que as garotas vinham arrumadas! — acusei Jeremiah.

— Você está ótima, deixa de besteira — disse ele, indo até o barril de cerveja.

Sim, um barril de cerveja. Nada de biscoitos ou marshmallows. Eu nunca tinha visto um na vida real, só nos filmes. Fui atrás de Jeremiah, mas Conrad me segurou pelo braço, com um aviso:

— Não beba. Minha mãe vai me matar se eu deixar você beber. Afastei a mão dele.

— Você não tem que *me deixar* fazer nada.

— Ah, deixa disso.

— Quer ver? — retruquei, marchando até a fogueira.

Eu nem sabia se queria beber ou não, mas esperava encontrar alguns marshmallows, embora fosse bem improvável que Clay tivesse providenciado depois da bebedeira da véspera.

A festa da fogueira parecia bem legal na teoria, mas estar lá era outra coisa. Jeremiah ficou conversando com uma garota de saia jeans e biquíni azul, vermelho e branco, e Conrad conversava com Clay e uns outros caras que não reconheci. Achei que Clay fosse pelo menos me cumprimentar depois daquele flerte insistente da noite anterior, mas ele nem olhou na minha cara, e ainda por cima estava com a mão nas costas de uma garota.

Fiquei sozinha ali, perto do fogo, fingindo esquentar as mãos, mesmo que não estivessem frias. Foi quando o vi. Ele também estava sozinho, bebendo água de uma garrafinha. Parecia não conhecer ninguém por ali. E parecia ter a minha idade. Só que algo nele demonstrava segurança e conforto, como se fosse mais novo que eu, mesmo não sendo. Tive que olhar com muita atenção para entender o que era, e quando entendi foi quase uma epifania.

Eram os cílios, tão longos que quase batiam nas maçãs do rosto. Tudo bem que elas eram bem pronunciadas, mas os cílios não deixavam de ser enormes. O garoto tinha o queixo proeminente e a pele clara e macia, da mesma cor dos flocos de coco tostados que a gente coloca no sorvete. Toquei meu rosto e fiquei aliviada ao perceber que o sol tinha secado a espinha que aparecera dois dias antes. Aquele garoto tinha a pele perfeita. Para mim, tudo nele era perfeito.

Ele era alto, mais alto que Steven e Jeremiah, talvez até mais que Conrad. Parecia descendente de japonês, ou quem sabe meio coreano. Era tão lindo que eu tinha vontade de desenhar o rosto dele — e olha que eu nem sabia desenhar.

Ele reparou que eu estava olhando, então tentei disfarçar. Quando olhei de novo, ele me pegou pela segunda vez. E só acenou, de leve.

Senti o rosto ardendo de vergonha. Não tinha alternativa senão cumprimentá-lo. Fui até ele e estendi a mão, dizendo "Oi", mas me arrependi na mesma hora. Quem em sã consciência fazia isso?

Ele apertou minha mão, sem dizer nada. Ficou só me encarando, como se estivesse tentando descobrir alguma coisa.

— Conheço você de algum lugar — disse, por fim.

Tentei não sorrir. Não é isso que os caras falam para dar em cima das mulheres num bar? Fiquei me perguntando se ele havia me visto na praia, usando meu novo biquíni de bolinha. Eu só tinha tido coragem de usar aquele biquíni uma vez, mas talvez tivesse sido justamente quando ele reparou em mim.

— Talvez você tenha me visto na praia.

Ele fez que não com a cabeça.

— Não... Não é isso.

Então não tinha sido o biquíni. Tentei de novo.

— Quem sabe na sorveteria?

— Não, também não... — Depois de um tempo, foi como se uma luzinha se acendesse na cabeça dele. Com uma risadinha, o menino perguntou: — Você fez aula de latim?

Quê? Como assim?

— Hum... Já fiz.

— E você por acaso já foi à Convenção de Latim que acontece lá em Washington?

— Fui.

Quem era aquele garoto, afinal?

Ele assentiu, satisfeito.

— Eu também. No nono ano, não foi?

— Foi...

No nono ano eu usava óculos e aparelho. Odiei que ele me conhecesse daquela época. Por que não podia ter me conhecido só agora, de biquíni de bolinha?

— É de lá que conheço você. Eu estava tentando me lembrar... — Ele abriu um sorriso. — Meu nome é Cam, mas na Convenção de Latim era Sextus. Salve.

A risada subiu de repente pela minha garganta, como bolhas de refrigerante. Aquilo era meio divertido.

— Salve, Sextus. Meu nome é Flavia. Quer dizer, eu sou a Belly. Na verdade, meu nome é Isabel, mas todo mundo me chama de Belly.

— Por quê? — perguntou ele, me olhando com interesse genuíno, como se realmente quisesse saber.

— Meu pai me deu esse apelido quando eu ainda era pequena. Ele achava Isabel longo demais. E todo mundo me chama de Belly até hoje. É meio bobo.

Ele ignorou esse último comentário, perguntando:

— Mas por que não Isa? Ou Belle?

— Não sei. Acho que em parte porque adoro aquelas balinhas Jelly Belly, e meu pai e eu tínhamos uma brincadeira. Ele perguntava como eu estava me sentindo, e eu respondia com os sabores de Jelly Belly. Tipo ameixa se eu estivesse de bom humor...

Não cheguei a terminar a frase. Sempre falava sem parar quando estava nervosa, e eu definitivamente estava nervosa. Sempre detestei ser chamada de Belly. Primeiro porque não era um nome de verdade; era um apelido de criança, não um nome. Isabel parecia mais como chamariam uma garota exótica, do tipo que viaja para lugares tipo Marrocos e Moçambique, que pinta as unhas de vermelho e tem cabelo preto e franja. Belly evocava imagens de crianças gordas ou coisas excessivamente açucaradas.

— Bem, não gosto de Isa. Queria que as pessoas me chamassem de Belle. É mais bonito.

Ele assentiu.

— E significa isso mesmo. Bonita.

— Eu sei. Faço aula de francês.

Cam falou alguma coisa em francês, mas foi tão rápido que não consegui entender.

— Quê? — perguntei, me sentindo meio idiota.

Eu tinha vergonha de falar francês fora da sala de aula. Conjugar verbos era uma coisa, mas falar para valer, com fluência, era completamente diferente.

— Minha avó é francesa, então falo desde pequeno — explicou ele.

— Ah.

Comecei a me sentir meio boba por me gabar de estudar francês.

— O "v" se pronuncia como "u".

— Quê?

— Em Flavia. O certo é falar Flau-ia.

— Ah, eu sei, claro. Fiquei em segundo lugar no concurso de oratória. Mas Flauia parece meio bobo.

— Eu fiquei em primeiro — comentou ele, tentando não soar convencido. De repente me lembrei do garoto de camisa preta e gravata listrada que impressionou todo mundo ao declamar Cátulo e garantir a vitória. Era ele. — Se acha bobo, por que escolheu esse nome?

Suspirei.

— Porque já tinham escolhido Cornelia. Todo mundo queria ser Cornelia.

— E todo mundo também queria ser Sextus.

— Por quê? — perguntei, mas me arrependi na mesma hora. — Ah. Esquece.

Cam riu.

— O humor dos garotos do nono ano não é muito sofisticado.

Eu ri também. Então perguntei:

— Sua casa é aqui perto?

— Alugamos uma casa a dois quarteirões daqui. Minha mãe meio que me obrigou a vir pra esta festa — explicou ele, coçando a cabeça.

— Ah.

Eu queria parar de dizer "ah", mas não consegui pensar em nada melhor.

— E você? Por que veio à festa, Isabel?

Levei um susto quando ele falou meu nome verdadeiro. Pareceu tão natural para ele. Eu me senti um pouco como no primeiro dia de aula, mas gostei.

O VERÃO QUE MUDOU MINHA VIDA

— Não sei. Pra ser bem sincera, acho que só vim porque Clay me convidou.

Tudo que saía da minha boca parecia sem graça. Não sabia por quê, mas eu queria impressionar aquele garoto. Queria que ele gostasse de mim. Sentia que ele estava me julgando, julgando as bobagens que eu falava. *Eu também sou inteligente*, queria dizer. Disse a mim mesma que estava tudo bem, que não importava se ele me achava inteligente ou não. Mas não era verdade.

— Acho que vou embora daqui a pouco — comentou ele, terminando de beber sua água. E não me olhou quando perguntou: — Quer carona?

— Não. — Tentei esconder o desapontamento por ele já estar de partida. — Eu vim com aqueles garotos ali. — Apontei para Conrad e Jeremiah.

Ele assentiu.

— Percebi. Seu irmão não para de olhar pra cá.

Quase engasguei.

— Meu irmão? Quem? Ele?

Indiquei Conrad, que não estava olhando para nós, e sim para uma garota loira com um boné do Red Sox, que também olhava para ele. Conrad estava rindo; ele nunca ria.

— É.

— Ele não é meu irmão. Age como se fosse, mas não é. Conrad só acha que é o irmão mais velho de todo mundo, é muito arrogante... Mas por que você quer ir embora? Vai perder os fogos.

Ele pigarreou, parecendo um pouco constrangido.

— Hã... Na verdade, eu tenho que estudar.

— Latim?

Cobri a boca com a mão para conter uma risadinha.

— Não. Estou estudando baleias. Quero fazer um estágio em um barco de observação e tenho uma prova no mês que vem — explicou ele, coçando a cabeça de novo.

— Que maneiro!

Não queria que ele fosse embora e me deixasse sozinha ali. Ele era legal, e eu me sentia minúscula ao seu lado, pequena e preciosa como a Polegarzinha, de tão alto que o garoto era. Se ele fosse embora, eu ficaria sozinha de novo.

— Sabe, acho que vou aceitar a carona. Espera aqui, já volto.

Corri até Conrad tão rápido que levantei areia.

— Ei, vou pegar uma carona pra casa — anunciei, sem fôlego.

A loira de boné do Red Sox me olhou de cima a baixo antes de soltar um mero "Oi".

— Com quem? — perguntou Conrad.

Apontei para Cam.

— Com ele.

— Você não vai pegar carona com um cara que acabou de conhecer — declarou Conrad.

— Mas eu conheço ele. É o Sextus.

Conrad estreitou os olhos.

— Hein?

— Nada. O nome dele é Cam e ele estuda baleias. E não é você quem decide com quem eu pego ou deixo de pegar carona pra casa. Só vim avisar por educação, não estava pedindo sua permissão, Conrad.

Dei a volta e saí andando, mas ele me segurou pelo braço.

— Não me interessa o que ele estuda. Você não vai pegar carona com esse estranho — anunciou em um tom despreocupado, mas segurando meu braço com força. — Eu levo você pra casa, se quiser ir embora.

Respirei fundo. Tinha que manter a calma. Não ia deixar Conrad me tratar como um bebê na frente de todo mundo.

— Não, obrigada — retruquei, tentando continuar andando, mas ele não deixou.

— Achei que você já tivesse namorado.

O tom era de deboche, e percebi que ele tinha sacado minha mentira da noite anterior.

Minha vontade era jogar um punhado de areia na cara dele. Tentei me desvencilhar.

— Me solta, Conrad! Está me machucando!

Ele soltou na mesma hora, com o rosto vermelho. Não estava machucando de verdade, mas eu queria que ele passasse tanta vergonha quanto estava me fazendo passar.

— Prefiro pegar carona com um desconhecido do que andar no carro de alguém que bebeu! — continuei, falando alto.

— Eu tomei *uma* cerveja. E peso oitenta quilos. Daqui a meia hora eu levo você pra casa. Deixa de ser chata.

Senti as lágrimas se formando nos meus olhos. Eu me virei para ver se Cam estava observando a cena. Sim, estava.

— Você é um babaca — falei.

Conrad me encarou e retrucou:

— E você é uma garotinha de quatro anos.

Enquanto eu me afastava, ouvi a loira perguntar:

— Ela é sua namorada?

Dei meia-volta, e eu e Conrad respondemos ao mesmo tempo:

— Não!

— Então é sua irmã? — perguntou a garota, confusa, como se eu não estivesse ali.

Ela usava um perfume muito forte que formava uma nuvem ao seu redor; era como se estivéssemos respirando aquela garota.

— Não, eu não sou a irmã mais nova dele.

Detestei que aquela garota estivesse presenciando tudo aquilo. Era humilhante. E ela era bonita que nem Taylor, o que só piorava tudo.

— A mãe dela é amiga da minha mãe — explicou Conrad.

Então eu era só aquilo? A filha da amiga da mãe dele?

Respirei fundo e falei para a garota, sem pensar:

— Olha, eu conheço o Conrad desde que nasci, então já vou logo avisando que isso é um erro; melhor se jogar em cima de outro. Conrad nunca vai amar alguém tanto quanto ama a si mesmo, então...

Levantei a mão e dei um tchauzinho debochado.

— Belly, cala a boca — advertiu Conrad, com as orelhas vermelhas de raiva.

Tinha sido um golpe baixo, mas eu não ligava. Ele merecia.

A loira com boné do Red Sox franziu a testa.

— Do que ela está falando, Conrad?

— Ah, me desculpa, você não entendeu quando eu disse que você estava se jogando em cima de um idiota? — respondi, nervosa.

O rosto bonito dela se contorceu em uma careta de raiva.

— Sua vagabunda... — sussurrou ela.

Senti meu corpo se encolhendo. Queria poder retirar o que tinha dito. Nunca brigara com garota nenhuma — nem com ninguém, na verdade.

Por sorte, Conrad interveio, apontando para a fogueira.

— Belly, vai para a fogueira e me espera lá — mandou, ríspido.

Foi quando Jeremiah chegou.

— Ei, ei, o que está acontecendo? — perguntou ele, com seu sorriso tranquilo e bobo de sempre.

— Seu irmão é um idiota — respondi. — É isso que está acontecendo.

Jeremiah passou o braço pelos meus ombros. Ele cheirava a cerveja.

— Ora, vocês dois, comportem-se!

Eu me livrei do abraço dele e disse:

— *Eu* estou me comportando. Mande seu irmão fazer o mesmo.

— Espera aí, vocês também são irmãos? — perguntou a loira.

— Nem pensa em ir embora com aquele cara — alertou Conrad, virando-se para mim.

— Relaxa, Con — interveio Jeremiah — Ela não vai. Não é, Belly? — disse ele, me encarando.

Assenti, contrariada, e lancei o olhar mais cruel que conseguia fazer para Conrad e para a loira, mas só quando já estava longe o bastante para que ela não me puxasse pelo cabelo ou algo do tipo.

O VERÃO QUE MUDOU MINHA VIDA

Fui até a fogueira, tentando manter a cabeça erguida, mas por dentro eu me sentia uma criança que tinha levado uma bronca na própria festa de aniversário. Não era justo ser tratada como uma garotinha, coisa que eu não era. Aposto que eu e aquela loira tínhamos a mesma idade.

— O que foi aquilo? — perguntou Cam.

Eu estava segurando as lágrimas quando respondi:

— Quero sair daqui agora.

Ele hesitou, olhando na direção de Conrad.

— Acho que não é uma boa ideia, Flavia. Mas vou ficar aqui fazendo companhia pra você. As baleias podem esperar.

Quis dar um beijo naquele garoto na mesma hora e esquecer que eu conhecia Conrad. Seria perfeito só ficar ali, dentro daquele momento. Os primeiros fogos de artifício dispararam em algum lugar acima, subindo ao céu como uma chaleira assobiando alto. Eram dourados e explodiram em milhões de pedacinhos amarelos, chovendo como confetes sobre nós.

Cam e eu ficamos sentados perto do fogo; ele falando sobre baleias, e eu, sobre uma porção de coisas bobas, como o fato de ser secretária do clube de francês e de minha comida favorita ser sanduíche de carne de porco desfiada. Ele contou que era vegetariano. Ficamos quase uma hora batendo papo. Eu sentia Conrad nos observando o tempo todo e fiquei tentada a mostrar o dedo do meio para ele — detestava quando ele ganhava.

Esfreguei os braços quando começou a esfriar, e Cam me emprestou o moletom dele. Era quase um sonho virando realidade: ficar com frio e um garoto me emprestar seu moletom, em vez de jogar na minha cara que era muito esperto por ter se lembrado de levar um casaco.

A camiseta dele tinha STRAIGHT EDGE escrito acima do desenho de uma lâmina de barbear.

— O que isso significa? — perguntei, fechando o zíper do moletom. Estava quentinho e tinha cheiro de garoto, mas no bom sentido, claro.

Jenny Han

— É uma filosofia de vida — explicou Cam. — Não bebo nem uso drogas. Eu era mais radical, não tomava remédios nem cafeína, mas acabei deixando isso pra lá.

— Por quê?

— Por que eu era radical ou por que deixei pra lá?

— As duas coisas.

— Eu acredito que não devemos poluir nosso corpo com substâncias que não sejam naturais. E deixei isso pra lá porque estava enlouquecendo minha mãe. E porque estava com muita saudade de tomar refrigerante.

Eu também adorava refrigerante. Fiquei feliz por não estar bebendo, porque não queria que ele pensasse mal de mim, e sim que me achasse interessante e descolada, do tipo que não liga para o que os outros pensam — assim como ele. Daria tudo para ser sua amiga. E beijá-lo.

Cam foi embora na mesma hora que a gente. Ele se levantou logo que viu Jeremiah se aproximando para me chamar.

— Até mais, Flavia.

Comecei a abrir o zíper do moletom, mas ele disse:

— Pode ficar. Depois você me devolve.

— Anota meu número — sugeri, estendendo a mão para pegar o celular dele.

Nunca tinha dado meu telefone para um garoto, e me senti muito orgulhosa da minha ousadia.

— Eu teria dado um jeito de pegar o casaco de volta mesmo sem seu número — disse ele. — Sou inteligente, lembra? Tirei o primeiro lugar em oratória.

Tentei não sorrir enquanto me afastava e gritava:

— É, até que dá pro gasto!

Parecia obra do destino termos nos conhecido. Achei aquilo a coisa mais romântica que já tinha acontecido na minha vida. E era mesmo.

★ ★ ★

Fiquei observando enquanto Conrad se despedia da garota de boné, que o abraçou. Ele retribuiu meio sem vontade. Fiquei feliz por ter estragado a noite dele, mesmo que só um pouco.

Outra garota me parou no caminho para o carro. Ela usava o cabelo castanho-claro preso em duas marias-chiquinhas e uma blusa rosa decotada.

— Você gostou do Cam? — perguntou, em um tom muito casual.

Eu me perguntei de onde ela o conhecia. Achei que ele fosse um zé-ninguém — assim como eu.

— Não conheço ele direito — respondi.

A menina pareceu relaxar. Estava aliviada. Eu conhecia aquele olhar sonhador e esperançoso. Devia ser o mesmo que eu fazia quando falava do Conrad, quando tentava arranjar desculpas para enfiar o nome dele nas conversas. Fiquei triste por nós duas.

— Eu vi o jeito como a Nicole falou com você — comentou a garota, de repente. — Não liga, não. Ela é uma pessoa horrível.

— A garota de boné? É, ela tem cara de ser horrível mesmo — concordei, antes de dar um tchauzinho e seguir com Conrad e Jeremiah para o carro.

Conrad dirigiu; estava completamente sóbrio, e eu sabia que estivera assim o tempo todo. Ele deu uma olhada no moletom do Cam, mas não disse nada. Não trocamos uma palavra. Fui no banco de trás com Jeremiah, que até tentou fazer piada, mas ninguém riu. Eu estava ocupada demais pensando, lembrando tudo o que acontecera naquela noite. *Foi a melhor noite da minha vida*, pensei.

No anuário da escola do ano anterior, Sean Kirkpatrick escreveu que eu tinha "olhos tão claros" que dava para "ver minha alma" através deles. Sean era um garoto tímido da aula de teatro, mas mesmo assim gostei do elogio. Taylor fez pouco caso, dizendo que só Sean Kirkpatrick repararia na cor dos meus olhos quando todos os outros caras estavam ocupados olhando para os meus peitos. Mas dessa vez não era Sean; era Cam, um cara de verdade. E ele tinha reparado em mim antes de eu ficar bonita.

★ ★ ★

Eu estava escovando os dentes no banheiro de cima quando Jeremiah entrou e fechou a porta. Ele se apoiou na pia e perguntou:

— O que está acontecendo com você e o Con? Por que estão tão irritados um com o outro?

Jeremiah detestava ver gente brigando. Era um dos motivos pelos quais sempre bancava o palhaço para aliviar qualquer clima pesado. Era bonitinho, mas também um pouco irritante.

Cuspi a pasta de dentes antes de responder:

— Hã... Porque ele é super-novo-maxi-estranho?

Nós dois rimos. Era uma de nossas piadinhas internas, uma fala de *O Clube dos Cinco* que passamos um verão todo repetindo, quando eu tinha oito anos, e ele, nove.

Jeremiah pigarreou.

— Sério, pega leve com ele. Con está em uma fase difícil.

Aquilo era novidade para mim.

— Como assim?

Jeremiah hesitou.

— Olha, não sou eu que vou contar pra você.

— Ah, qual é! A gente conta tudo um pro outro, Jere. Não temos segredos, lembra?

Ele sorriu.

— Eu sei, mas esse eu não posso contar. Não é um segredo meu.

Fechei a cara e reclamei:

— Você sempre fica do lado dele.

— Não estou do lado dele. Só estou explicando que o lado dele existe.

— Dá no mesmo.

Ele puxou os cantinhos da minha boca para cima, um de seus truques mais antigos para me fazer rir. Bem, sempre funcionava.

— Sem beicinho, Belly. Lembra?

Sem beicinho era uma regra que Conrad e Steven tinham inventado em um verão. Acho que eu tinha oito ou nove anos. O problema era que essa regra só se aplicava a mim. Eles colocaram até um cartaz na porta do meu quarto. Claro que arranquei e corri até minha mãe e Susannah para fazer queixa. Naquela noite, eu me lembro de ter repetido a sobremesa. Sempre que eu fazia qualquer cara ligeiramente triste ou aborrecida, um dos garotos começava a gritar "Sem beicinho! Sem beicinho!". Tudo bem, talvez eu fizesse beicinho demais, mas só assim eu conseguia o que queria. Às vezes era muito difícil ser a única garota. Às vezes, não.

22

Naquela noite, dormi com o moletom do Cam. Era meio bobo, mas eu não ligava. Também usei no dia seguinte, mesmo estando um calor impressionante. Adorei as mangas gastas, como se a roupa já tivesse passado por várias coisas. Parecia mesmo um casaco de garoto.

Cam foi o primeiro garoto que prestou atenção em mim daquele jeito, que disse com todas as letras que queria sair comigo. E que não teve vergonha de admitir isso.

Quando acordei, percebi que por alguma razão tinha dado a ele o telefone da casa. Devia ter dado meu celular, para facilitar.

Fiquei esperando, mas o telefone nunca tocava. Só quem ligava para ele era Susannah, para saber que tipo de peixe levar para o jantar, ou minha mãe, para pedir a Steven que colocasse as toalhas na secadora de roupa ou que acendesse a churrasqueira.

Fiquei no deque, pegando sol e lendo revistas, com o moletom do Cam enrolado no colo, como se fosse um bicho de pelúcia. As janelas estavam abertas, e eu sabia que ouviria se o telefone tocasse.

Coloquei bastante filtro solar, depois passei duas camadas de bronzeador. Não sabia se fazia sentido, mas achei melhor prevenir do que remediar. Misturei um pouco de suco de cereja solúvel em uma garrafa de água, peguei um rádio, óculos escuros e revistas. Os óculos tinham sido presente da Susannah, uns anos antes. Ela adorava me dar presentes. Quando saía, sempre voltava com alguma coisa para mim. Coisas bobas, como aquele par de óculos vermelho em formato de coração, que ela disse que eu *precisava* ter. Ela conhecia meu gosto, trazia coisas que eu nunca nem tinha pensado em ter, muito menos desejado comprar, como creme de lavanda para os pés ou um estojo de seda para colocar lenços de papel.

Minha mãe e Susannah tinham saído cedo para uma de suas visitas às galerias de arte de Dyerstown, e Conrad, graças a Deus, já tinha ido para o trabalho. Jeremiah ainda estava dormindo. A casa era só minha.

Na teoria, a ideia de me bronzear parecia muito divertida. Ficar deitada ao sol, bebendo refresco de canudinho e dormindo como um gato gordo. Mas, na prática, era meio chato e entediante. E quente. Eu preferia mil vezes tomar sol boiando no mar a ficar deitada em uma cadeira, suando. E dizem que o bronzeado vem mais rápido com a pele molhada.

Naquela manhã, porém, eu não tinha escolha. Porque Cam poderia ligar a qualquer momento. Fiquei ali, deitada, suando e fritando como um frango na chapa. Era chato, mas era uma necessidade.

O telefone tocou logo depois das dez. Levantei em um pulo e corri até a cozinha.

— Alô? — atendi, sem fôlego.

— Oi, Belly. É o Sr. Fisher.

— Ah, oi, Sr. Fisher — falei, tentando não soar muito desapontada.

Ele pigarreou.

— E aí? Como vão as coisas?

— Tudo bem. Mas a Susannah não está. Ela e minha mãe foram a Dyerstown visitar umas galerias.

— Está bem. E os garotos?

— Bem... — Eu nunca sabia como falar com o Sr. Fisher. — Conrad está no trabalho, e Jeremiah ainda está dormindo. Quer que eu o acorde?

— Não, não, tudo bem.

Houve uma longa pausa, e fiquei tentando encontrar algo para dizer.

— O senhor... hum... vem este fim de semana?

Jenny Han

— Não, este fim de semana, não — respondeu ele. Sua voz parecia muito distante. — Bem, eu ligo mais tarde. Divirta-se, Belly.

Coloquei o fone no gancho. O Sr. Fisher ainda não tinha nos visitado naquele verão. Ele sempre ia no fim de semana seguinte ao feriado de Quatro de Julho, porque era a época mais fácil para conseguir uns dias longe do escritório. Quando chegava, fazia churrasco o fim de semana todo, sempre usando um avental com os dizeres o CHEF SABE DE TUDO. Fiquei me perguntando se Susannah ficaria triste por ele não ir, se os meninos se importariam.

Eu me arrastei de volta para a espreguiçadeira. Peguei no sono e acordei com Jeremiah jogando gotinhas de refresco na minha barriga.

— Para com isso — pedi, mal-humorada, enquanto me sentava.

Eu estava com sede por causa do refresco açucarado (eu sempre colocava o dobro de açúcar sugerido), suada e desidratada.

Ele riu e se sentou na minha espreguiçadeira.

— É isso que você vai fazer o dia todo?

— É — respondi, limpando a barriga e secando a mão no short dele.

— Deixa de ser chata. Vamos fazer alguma coisa. Só tenho que trabalhar à noite.

— Estou me bronzeando — anunciei.

— Mas você já está bem bronzeada.

— Posso dirigir?

Ele hesitou.

— Tudo bem. Mas vai tomar um banho primeiro. Não quero o banco do carro sujo de bronzeador.

Eu me levantei e prendi o cabelo fino e oleoso em um rabo de cavalo alto.

— Vou agora mesmo. Me espera.

Jeremiah me esperou no carro, com o ar-condicionado no máximo, sentado no banco do carona.

O VERÃO QUE MUDOU MINHA VIDA

— Aonde vamos? — perguntei, assumindo o volante. Já me sentia uma motorista profissional. — Tennessee? Novo México? Precisamos ir para um lugar bem longe, para eu treinar.

Ele apoiou a cabeça no encosto e fechou os olhos, dizendo:

— Pegue a esquerda, para a rodovia.

— Sim, senhor — concordei, desligando o ar-condicionado e abrindo as quatro janelas.

Era muito melhor dirigir com as janelas abertas, parecia que realmente estávamos indo a algum lugar.

Ele continuou indicando direções até chegarmos à pista de kart.

— É sério isso?

— Você precisa treinar um pouco — explicou ele, rindo que nem um louco.

Esperamos na fila pelos nossos carrinhos. Quando chegou nossa vez, o funcionário me disse para pegar o azul.

— Posso pegar o vermelho? — pedi.

Ele retrucou, dando uma piscadela.

— Você é tão bonita que pode até pegar o *meu* carro.

Senti o rosto corar, mas gostei do elogio. Ele era mais velho que eu, mas tinha reparado em mim. Era meio incrível. Eu já tinha visto esse garoto lá no verão anterior, e ele não tinha me dado nenhuma bola.

Jeremiah entrou no carro ao lado do meu, murmurando:

— Que idiota. Ele está precisando de um emprego de verdade.

— Tipo de salva-vidas?

Ele fechou a cara.

— Só dirige.

O funcionário acenava toda vez que meu carro passava pela linha de partida. Na terceira vez, retribuí o aceno.

Demos algumas voltas na pista, até a hora de Jeremiah ir para o trabalho.

— Acho que você já dirigiu bastante por hoje — comentou ele, coçando o pescoço. — Eu dirijo na volta para casa.

Não discuti. Ele voltou rápido, me deixou na esquina e seguiu para o trabalho. Entrei em casa me sentindo muito cansada e queimada de sol. E satisfeita.

— Um rapaz chamado Cam ligou pra você — comentou minha mãe.

Ela estava sentada à mesa da cozinha lendo o jornal com seus óculos de leitura. E nem olhou para mim.

— Ligou? — perguntei, escondendo o sorriso com as costas da mão. — Ele deixou o número?

— Não. Disse que ligaria mais tarde.

— Por que você não pediu o número dele? — perguntei, odiando a irritação na voz, mas, quando se tratava da minha mãe, eu não conseguia evitar.

Ela me encarou, perplexa.

— Não sei. Ele também não sugeriu. Quem é esse Cam, afinal?

— Deixa pra lá — respondi, abrindo a geladeira para pegar uma limonada.

— Está bom, então — retrucou minha mãe, voltando para o jornal.

Ela não insistiu no assunto; nunca insistia. Mas podia pelo menos ter pegado o número dele. Susannah teria feito piadinhas, me perturbado e perguntado até eu contar alguma coisa. E eu contaria com o maior prazer.

— O Sr. Fisher ligou hoje de manhã — avisei.

Minha mãe me olhou de novo.

— O que ele disse?

— Nada. Só que não vem este fim de semana.

Ela comprimiu os lábios, mas não disse nada.

— E a Susannah? — perguntei. — Está no quarto dela?

— Está, mas não está se sentindo muito bem. Foi tirar um cochilo.

Em outras palavras: não queria ser perturbada.

— O que ela tem?

— Uma gripe — respondeu minha mãe, sem nem pensar.

Minha mãe mentia muito mal. Susannah andava passando muito tempo no quarto e parecia triste como nunca tinha parecido antes. Eu sabia que alguma coisa estava acontecendo, só não sabia o quê.

23

CAM LIGOU DE NOVO NA NOITE SEGUINTE, E NA OUTRA DEPOIS DESsa. Nós nos falamos duas vezes antes de nos encontrarmos de novo por umas quatro ou cinco horas seguidas. Eu me deitava em uma das espreguiçadeiras da varanda e ficava olhando a lua, balançando os dedos dos pés. E ria tão alto que Jeremiah chegou a gritar da janela do quarto, me mandando fazer silêncio. Nós conversávamos sobre tudo. Eu adorava, mas ficava o tempo todo me perguntando quando ele ia sugerir que nos víssemos de novo. Só que ele não sugeriu.

Então tive que tomar as rédeas da situação. Convidei Cam para jogar videogame comigo, ou talvez nadar. Eu me senti uma mulher empoderada, como se eu fizesse aquilo o tempo todo, mas na verdade só o chamei porque sabia que não teria ninguém em casa. Não queria que Jeremiah, Conrad, minha mãe ou mesmo Susannah o encontrassem ainda. Por enquanto, ele era só meu.

— Eu nado muito bem, então nada de se irritar quando eu ganhar de você — avisei ao telefone.

Ele riu e perguntou:

— Estilo livre?

— Qualquer estilo.

— Por que você é tão competitiva?

Eu não tinha uma resposta para aquela pergunta, só disse que era divertido, e, afinal de contas, quem não gostava de ganhar?

Crescendo com Steven e passando todos os verões com Conrad e Jeremiah, vencer sempre tinha sido algo importante, e mais ainda porque eu era menina e ninguém esperava isso de mim. A vitória é ainda mais doce quando ninguém aposta em você.

Observei Cam chegar da janela do meu quarto. O carro dele era velho, azul-escuro. Parecia já ter passado por poucas e boas, assim como o moletom que eu planejava roubar para sempre. Era exatamente o tipo de carro que eu esperava que ele tivesse.

Ele tocou a campainha, e desci a escada correndo para abrir a porta, cumprimentando-o com um simples "Oi". Eu estava vestindo seu moletom.

— Você está usando meu moletom — comentou, sorrindo para mim.

Cam era mais alto do que eu me lembrava.

— Sabe, pensei em roubar pra mim — comentei, fechando a porta. — Só que não quero nada de mão beijada. Vou competir por ele.

— Mas, se a gente competir, você não pode ficar brava se eu vencer — retrucou Cam, levantando uma das sobrancelhas. — É meu moletom preferido. Se eu ganhar, fico com ele.

— Tudo bem.

Saímos pela porta dos fundos e descemos os degraus da varanda até a piscina. Sem pensar muito, tirei o short, o moletom e a camiseta. Eu competia com Jeremiah o tempo todo, nem passou pela minha cabeça ficar envergonhada de usar biquíni na frente do Cam. Naquela casa, passávamos o verão inteiro usando roupas de banho.

Mas ele desviou o olhar e tirou a camiseta.

— Pronta? — perguntou, se posicionando na borda da piscina.

Fui para o lado dele.

— Uma volta completa? — perguntei, mergulhando o dedo do pé na água.

— Claro. Você precisa de uma vantagem?

Bufei.

— *Você* precisa de uma vantagem?

— *Touché* — retrucou ele, rindo.

Eu nunca tinha ouvido um garoto falar "*touché*". Nunca tinha ouvido ninguém falar aquilo naquele sentido. Talvez minha mãe. Mas ele falando parecia legal. Era diferente.

Ganhei a primeira volta; foi fácil demais.

— Você me deixou ganhar — acusei.

— Não deixei, não — retrucou ele, mas eu sabia que não era verdade.

Em todos aqueles verões e todas aquelas competições, nenhum garoto — nem Conrad, nem Jeremiah e, principalmente, nem Steven — jamais tinha me deixado ganhar.

— É melhor dar tudo de si desta vez — avisei. — Ou vou ficar com seu moletom.

— Melhor de três — pediu Cam, tirando o cabelo dos olhos.

Ele ganhou a volta seguinte, e eu, a última. Eu não estava cem por cento convencida de que ele não tivesse me deixado ganhar. Cam era tão alto, tinha braços tão longos, e sua envergadura era quase o dobro da minha... Mas eu queria ficar com o moletom, então não contestei. Vitória é vitória, afinal.

Fui com ele até o carro quando chegou a hora de nos despedirmos. Ele não entrou de imediato. Ficamos parados um bom tempo, em silêncio — a primeira vez que isso acontecia no dia, por incrível que pareça. Cam pigarreou e disse:

— Um conhecido meu, Kinsey, vai dar uma festa amanhã à noite. Você quer ir?

— Quero — respondi, na mesma hora.

Cometi o erro de mencionar isso no café da manhã do dia seguinte. Minha mãe e Susannah tinham ido fazer compras. Estávamos só eu e os meninos, como na maior parte do tempo naquele verão.

— Vou a uma festa hoje à noite — anunciei, em parte porque queria me gabar.

— Você? — duvidou Conrad, erguendo as sobrancelhas.

— Que festa? — quis saber Jeremiah. — A do Kinsey?

Larguei o suco.

— Como você sabe?

Jeremiah riu e apontou um dos dedos para mim em reprovação.

— Eu conheço todo mundo aqui em Cousins, Belly. Sou salva-vidas, lembra? É que nem ser prefeito. Greg Kinsey trabalha naquela loja de surfe do shopping.

Conrad franziu a testa.

— Não é o Greg Kinsey que vende metanfetamina na mala do carro?

— O quê? Não. Cam nunca seria amigo de alguém assim — retruquei, na defensiva.

— Quem é Cam? — perguntou Jeremiah.

— Aquele cara que eu conheci na festa do Clay. Ele me chamou pra essa festa, e eu aceitei.

— Olha, me desculpa, mas você não vai na festa de um viciado em metanfetamina — disse Conrad.

Era a segunda vez que ele tentava me dizer o que fazer, e eu já estava de saco cheio daquilo. Quem ele pensava que era? Eu tinha que ir à festa e não me importava se teria metanfetamina ou não.

— Eu estou dizendo, Cam nunca seria amigo de alguém assim! Ele odeia essas coisas.

Conrad e Jeremiah bufaram ao mesmo tempo. Em momentos como aquele, eles se uniam contra mim.

— Ele odeia essas coisas? — retrucou Jeremiah, tentando não sorrir. — Que maravilha.

— Muito legal — concordou Conrad.

Eu revirei os olhos. Primeiro não queriam que eu saísse com um drogado, agora ser careta também não era legal.

— Ele não usa drogas, está bem? É por isso que duvido muito que ele seja amigo de um traficante.

Jeremiah coçou a cabeça e disse:

— Olha, talvez seja o Greg Rosenberg que vende metanfetamina. Greg Kinsey é bem bacana. Ele tem uma mesa de sinuca. Acho que também vou a essa festa.

— Hã? O quê?

Eu estava começando a entrar em pânico.

— Acho que também vou — anunciou Conrad. — Eu gosto de sinuca.

Eu me levantei.

— Vocês não vão, não. Nem foram convidados.

Conrad se recostou na cadeira e colocou os braços atrás da cabeça.

— Relaxa, Belly. Não vamos atrapalhar seu encontro.

— A menos que ele encoste em você. — Jeremiah fechou o punho, ameaçador. — Nesse caso, ele já era.

— Vocês não podem ir... Meninos, eu estou implorando. Por favor, por favor, não vão.

Jeremiah me ignorou.

— Con, com que roupa você vai?

— Ainda não decidi. Talvez com o short cáqui. Com que roupa *você* vai?

— Ai, como eu odeio vocês — resmunguei.

As coisas estavam estranhas entre mim e Conrad, e também entre mim e Jeremiah... Um pensamento improvável passou pela minha cabeça: e se eles não quisessem que eu ficasse com Cam porque *eles* sentiam algo por mim? Seria possível? Eu não acreditava. Eu era uma irmã para eles. Só que não era irmã deles.

Quando terminei de me arrumar, já era quase hora de sair, e parei no quarto da Susannah para me despedir. Ela e minha mãe estavam enfiadas lá dentro, remexendo em fotos antigas. Susannah estava pronta para dormir, mesmo que ainda fosse bem cedo. Ela estava recostada nos travesseiros, usando um dos robes de seda que o Sr. Fisher tinha comprado em uma viagem de negócios para Hong Kong. Era cor de creme, com estampa de papoulas — quando eu fosse casada, queria usar um exatamente igual.

— Vem cá, ajuda a gente a arrumar este álbum — pediu minha mãe, vasculhando uma velha caixa de chapéus listrada.

— Laurel, não está vendo que ela está toda arrumada? Belly tem coisas mais interessantes para fazer do que ficar olhando fotos velhas e empoeiradas. — Susannah piscou para mim. — Belly, você está parecendo uma margarida. Adoro quando você está bronzeada e usa branco. Combina com você, fica uma moldura perfeita.

— Obrigada, Susannah.

Eu não estava toda arrumada, mas também não estava de short, como na noite da fogueira. Usava um vestido branco e sandálias de dedo, e tinha feito tranças no cabelo ainda úmido. Eu sabia que em mais ou menos meia hora provavelmente teria que soltá-las, porque estavam muito apertadas, mas não ligava. Tinham ficado muito bonitinhas.

— Você está linda mesmo. Aonde vai? — perguntou minha mãe.

— A uma festa.

Ela franziu a testa.

— Conrad e Jeremiah também vão?

— Eles não são meus seguranças — retruquei, revirando os olhos.

— Não foi isso que eu falei — respondeu minha mãe.

Susannah gesticulou para que eu saísse, dizendo:

— Vai logo, Belly. Divirta-se!

— Vou me divertir — assegurei, batendo a porta antes que minha mãe pudesse fazer mais perguntas.

Eu tinha esperanças de que Conrad e Jeremiah estivessem só de brincadeira, que eles não quisessem ir à festa de verdade. Mas, quando estava saindo, quase chegando ao carro do Cam, Jeremiah me chamou.

— Ei, Belly!

Ele e Conrad estavam vendo televisão. Espiei pelo vão da porta.

— O que foi? — perguntei, ríspida. — Estou com pressa.

Jeremiah se virou para mim, dando uma piscadela preguiçosa.

— Até daqui a pouco.

— Que perfume é esse? — perguntou Conrad. — Está me dando dor de cabeça. E por que você está usando tanta maquiagem?

Eu não estava usando tanta maquiagem assim. Tinha passado um pouco de blush, rímel nos cílios e um pouquinho de gloss, só. Ele é que não estava acostumado a me ver daquele jeito. E havia colocado

122   *Jenny Han*

perfume no pescoço e nos pulsos, mais nada. Conrad não havia se importado com o perfume da loira de boné; pelo contrário, tinha *adorado*, até. Mesmo assim, dei uma última conferida no espelho do hall de entrada e esfreguei as bochechas e os pulsos para tirar um pouco do blush e do perfume.

Fechei a porta e fui apressada para a entrada da garagem, onde o carro de Cam estava parado. Eu ficara vigiando da janela do quarto para ver o exato momento em que ele chegaria, assim ele não precisaria entrar e conhecer minha mãe.

Pulei para dentro do carro.

— Oi.

— Oi. Eu queria ter tocado a campainha.

— Acredite em mim, é melhor assim — respondi, de repente morrendo de vergonha.

Como era possível passar horas e horas falando com alguém ao telefone, nadar com essa pessoa e, mesmo assim, sentir que não a conhecia?

— Então. Esse cara, Kinsey, é meio estranho, mas é gente boa — comentou Cam, dando ré. Ele dirigia bem, era cuidadoso.

— Ele vende metanfetamina? — perguntei, casualmente.

— Hum, não que eu saiba — respondeu Cam, sorrindo.

Ele tinha uma covinha na bochecha direita. Eu não havia reparado nela na outra noite. Era fofo.

Relaxei. Agora que a história da metanfetamina tinha sido eliminada, só faltava uma coisa. Rodei a pulseira que usava várias vezes, então perguntei:

— Sabe aqueles caras com quem eu estava lá na fogueira? Conrad e Jeremiah?

— Seus irmãos de mentirinha?

— Isso. Pode ser que eles deem uma passada nessa festa. Eles... hã... conhecem o Kinsey.

— Ah, é? Legal. Quem sabe assim eles não veem que não sou um mau elemento.

O VERÃO QUE MUDOU MINHA VIDA

— Eles não acham que você é um mau elemento. Quer dizer, eles meio que acham, sim, mas pensam isso de qualquer cara com quem eu fale, não é nada pessoal.

— Eles devem gostar muito de você, para serem tão protetores. Será?

— Nem tanto. Bem, o Jeremiah gosta, mas com o Conrad é mais uma questão de respeito. Ou costumava ser. Ele deve ter sido um samurai em outra vida, sei lá. — Olhei de relance para Cam. — Desculpa, estou sendo chata?

— Não, pode continuar falando. Onde aprendeu sobre os samurais?

Cruzei as pernas, me sentando sobre elas, e respondi:

— Com a Srta. Baskerville, a professora de estudos globais no nono ano. Tivemos um módulo inteiro sobre o Japão e o Bushido. Fiquei obcecada com o conceito de *seppuku*.

— Meu pai é metade japonês — comentou ele. — Minha avó mora no Japão, a gente vai todo ano lá, para visitá-la.

— Uau!

Eu nunca tinha ido ao Japão nem a nenhum lugar na Ásia. Minha mãe, nas viagens dela, também nunca viajara para lá, embora eu soubesse que ela tinha vontade.

— Você fala japonês?

— Pouco — disse ele, coçando a testa. — Mas entendo bem.

Assobiei. Meu assobio era algo de que eu me orgulhava. Meu irmão, Steven, tinha me ensinado.

— Então você fala inglês, francês e japonês? Isso é incrível. Você é tipo um gênio, né? — debochei.

— Também falo latim — lembrou ele, rindo.

— Ninguém fala latim. É uma língua morta — retruquei, só para ser do contra.

— Não é uma língua morta. Está presente em todos os idiomas ocidentais.

Ele parecia meu professor de latim do sétimo ano, o Sr. Coney.

★ ★ ★

Quando chegamos à casa do tal Kinsey, eu meio que desejei ter continuado dentro do carro. Adorava a sensação de falar e ter alguém realmente escutando o que eu tinha a dizer. Era uma sensação incrível, como se eu fosse poderosa, mas com um poder estranho, diferente.

Estacionamos no fim de uma rua sem saída que já estava lotada de carros. Alguns estavam metade na grama. Cam andava rápido; as pernas dele eram tão compridas que eu tinha que correr para acompanhá-lo.

— De onde você conhece esse cara? — perguntei.

— Ele é meu fornecedor. — Cam riu quando viu minha cara. — Você é muito assustada, Flavia. Os pais do Kinsey têm um barco. Foi lá que a gente se conheceu. Ele é legal.

Entramos sem bater. A música estava tão alta que dava para ouvir da calçada. Era caraoquê, e uma garota cantava "Like a Virgin" a plenos pulmões, rolando no chão com o microfone preso na calça jeans. Havia umas dez pessoas na sala, bebendo cerveja e folheando a lista de músicas.

— Coloca "Livin' on a Prayer" depois dessa — pediu um cara para a garota no chão.

Uns garotos que eu não conhecia ficaram me olhando, e me perguntei se tinha exagerado na maquiagem. Ter caras me secando era uma novidade, que dirá ser convidada para sair. Era ao mesmo tempo muito legal e aterrorizante. Notei que a garota da fogueira estava lá, a que gostava do Cam. Ela nos encarou e logo desviou o olhar, mas nos espiava de tempos em tempos. Eu me sentia mal por ela, sabia o que era passar por aquilo.

Também reconheci a vizinha da casa de praia, Jill, que passava os fins de semana na cidade. Ela acenou para mim, e me dei conta de que nunca a vira em outro lugar que não fosse a vizinhança, o nosso jardim. Ela estava sentada junto do cara da locadora de vídeos que trabalhava às terças e usava a plaquinha com o nome de cabeça para baixo. Eu nunca o vira da cintura para baixo, pois ele estava sempre atrás do balcão. Katie, a garçonete do restaurante de frutos do mar, também estava lá, sem o uniforme listrado vermelho e branco. Eram pessoas que eu via todo verão, a minha vida inteira. Então era ali que eles estavam esse tempo todo. Saindo, indo a festas, enquanto eu ficava trancada em casa como uma Rapunzel, assistindo a filmes antigos com Susannah e minha mãe.

Cam parecia conhecer todo mundo. Ele cumprimentava os garotos com uma batidinha no ombro e as garotas com um abraço. E me apresentava também. Dizia que eu era Flavia, amiga dele.

— Essa é a Flavia, minha amiga. Flavia, esse é o Kinsey. O dono da casa.

— Oi, Kinsey — cumprimentei.

O menino estava sem camisa, jogado no sofá. Ele era magricela e não parecia um traficante de metanfetamina. Parecia mais um entregador de jornal.

Ele tomou um gole da cerveja e informou:

— Na verdade, meu nome não é Kinsey. É Greg. Mas todo mundo me chama de Kinsey.

— Na verdade, meu nome não é Flavia. É Belly. Só o Cam me chama de Flavia.

Kinsey balançou a cabeça, como se aquilo fizesse sentido.

— Tem um isopor com bebidas na cozinha, se quiserem beber alguma coisa.

— Quer tomar algo? — perguntou Cam.

Eu não sabia o que responder. Por um lado, eu meio que queria. Nunca tinha bebido. Seria uma experiência nova, mais uma prova de que aquele verão era especial, importante. Mas, por outro, será que Cam ficaria desapontado se eu bebesse? Será que ele me julgaria? Eu não sabia direito quais eram as regras daquele estilo de vida dele.

Decidi não beber. A última coisa de que eu precisava era ficar cheirando a álcool como Clay naquela outra noite.

— Vou querer só uma Coca — pedi a ele.

Cam fez que sim com a cabeça, e percebi que ele tinha aprovado minha escolha. Fomos para a cozinha. No caminho, pesquei trechos de conversas: "Ouvi dizer que a Kelly foi presa por dirigir bêbada e que foi por isso que ela não veio pra cá este verão." "Acho que ela foi expulsa da escola." Fiquei me perguntando quem era Kelly e se eu a reconheceria se a visse. Era tudo culpa de Steven, Jeremiah e Conrad, eles nunca me levavam a lugar algum. Era por isso que eu não conhecia ninguém.

Todas as cadeiras da cozinha estavam ocupadas com bolsas e casacos, então Cam afastou umas garrafas de cerveja vazias e abriu espaço na bancada. Dei impulso e me sentei.

— Você conhece todo mundo aqui? — perguntei.

— Na verdade, não. Só queria que você me achasse legal.

— Eu já acho — falei, ficando vermelha.

Ele riu, como se fosse uma piada, o que diminuiu minha vergonha. Foi até o isopor de bebidas e pegou uma Coca, que abriu e me entregou.

— Só porque eu não bebo não significa que você não possa beber. Quer dizer, vou julgar você por isso, mas pode beber, se quiser. Essa parte do julgar foi uma piada.

— Eu sei. Mas estou bem tomando esta Coca.

Era verdade.

Tomei um longo gole e soltei um arroto.

— Desculpa — falei, soltando uma das tranças. Estavam muito apertadas, me dando dor de cabeça.

— Você arrota que nem um bebê — comentou ele. — É meio nojento, mas também é bonitinho.

Soltei a outra trança e dei um tapinha no ombro do Cam. Na minha cabeça, já ouvia Conrad falando: *Own, você deu um tapinha nele. Muito sedutora, Belly, muito sedutora.* Aquele chato parecia me importunar mesmo quando não estava presente. Só que ele tinha chegado, e agora estava de fato ali.

O VERÃO QUE MUDOU MINHA VIDA

Do nada, ouvi o grito característico do Jeremiah vindo do caraoquê. Mordisquei o lábio.

— Eles vieram — resmunguei.

— Quer ir lá cumprimentá-los?

— Não — respondi, mas desci da bancada.

Voltamos para a sala. Jeremiah estava no meio do palco, cantando em falsete uma música que eu nunca tinha ouvido. As meninas riam e olhavam para ele, espantadas. Conrad estava no sofá com uma cerveja na mão. A garota do boné do Red Sox tinha se empoleirado no braço do sofá, bem perto dele, o cabelo cobrindo o rosto do Conrad como se fosse uma cortina protegendo os dois. Eu me perguntei se ele e Jeremiah tinham ido buscá-la em casa, se ele tinha deixado que ela se sentasse no banco do carona.

— Ele canta bem — comentou Cam. Então seguiu meu olhar e perguntou: — Ele e a Nicole estão juntos?

— Não sei e não estou nem aí.

Jeremiah me viu, fazendo uma mesura para a plateia ao fim da apresentação.

— Belly! A próxima música é pra você! — Ele apontou para Cam, perguntando: — Qual é seu nome?

Cam pigarreou.

— Cam. Cameron.

Jeremiah falou ao microfone.

— Seu nome é Cam Cameron? Cara, que merda.

Todo mundo riu, até Conrad, que um segundo antes parecia muito entediado.

— É só Cam — murmurou Cam, olhando para mim.

Fiquei com vergonha. E não por ele, mas do que ele estaria pensando de mim. Odiei aqueles dois por isso. Era como se Cam fosse achar que, como Conrad e Jeremiah não gostavam dele, eu também não gostava. E pensar que minutos antes eu me sentira tão próxima a ele...

— Certo, Cam Cameron. Esta música vai pra você e sua Belly. Vamos lá, senhoritas.

Uma garota apertou play no controle remoto.

— *Summer lovin', had me a blast...*

Quis matar Jeremiah, mas só consegui balançar a cabeça e fuzilá-lo com o olhar. Não dava para arrancar o microfone da mão dele na frente de todo mundo. Jeremiah apenas sorriu para mim e começou a dançar, cantarolando "amor de verão é como uma explosão". Uma das garotas sentadas no chão se levantou em um pulo e começou a dançar com ele. Ela cantou a parte da Olivia Newton-John, mas era bem desafinada. Conrad assistiu a tudo com um ar divertido, condescendente. "Quem é essa garota?", ouvi alguém perguntar, olhando para mim.

Cam, ao meu lado, estava rindo. Eu não conseguia acreditar. Estava morrendo de vergonha, e ele ria sem parar.

— Sorria, Flavia — disse ele, me cutucando.

Sempre que alguém me manda sorrir, não tem jeito: eu sorrio.

Cam e eu saímos no meio da música do Jeremiah, e eu senti que Conrad nos observava.

Ficamos sentados na escada, batendo papo. Cam se sentou um degrau acima. Era legal conversar com ele, nada intimidador. Eu amava o riso fácil dele, tão diferente do Conrad. Era um sacrifício arrancar um sorriso do Conrad. Tudo com ele era um sacrifício.

Cam estava inclinado na minha direção, e achei que ele talvez tentaria me beijar. Com certeza eu corresponderia. Mas a cada vez que ele se inclinava, só coçava o tornozelo ou ajeitava a meia, depois se afastava, até que se inclinava de novo.

Durante um desses momentos, ouvi vozes alteradas vindo do deque, lá fora. Uma delas com certeza era do Conrad. Eu me levantei em um pulo.

— Tem alguma coisa acontecendo lá fora.

— Vamos ver o que é — sugeriu Cam, indo na frente.

Conrad estava brigando com um cara que tinha uma tatuagem de arame farpado no antebraço. O cara era mais baixo que ele, só que mais forte; era musculoso e parecia ter uns vinte e cinco anos. Jeremiah observava a cena, atônito, mas eu sabia que ele estava alerta, pronto para interferir caso necessário.

— Por que os dois estão brigando? — perguntei a Jeremiah, em um sussurro.

Ele deu de ombros.

— Conrad está bêbado. Não se preocupe. Eles só estão se exibindo.

— Parece que eles vão se matar — retruquei, nervosa.

— Eles vão ficar bem — comentou Cam. — Mas é melhor a gente ir. Está tarde.

Olhei para Cam. Quase tinha me esquecido de que ele estava ali do lado.

— Eu não vou agora — anunciei.

Não que eu pudesse fazer alguma coisa para impedir aquela briga, mas não dava para simplesmente ir embora e deixar Conrad ali.

Conrad se aproximou do cara tatuado, que o empurrou para longe sem a menor dificuldade. Conrad riu. Dava para ver uma briga de verdade prestes a acontecer, como uma tempestade se assomando no céu. Era como quando o mar fica completamente parado antes que as nuvens desabem.

— Você não vai fazer nada? — murmurei.

— Ele é bem grandinho — retrucou Jeremiah, com os olhos colados em Conrad. — Vai ficar bem.

Mas Jeremiah não acreditava no que estava falando, nem eu. Conrad não parecia nada bem. Daquele jeito, todo doido e fora de controle, ele não se parecia em nada com o Conrad Fisher que eu conhecia. E se ele se machucasse? Eu tinha que ajudar, não me restava outra opção.

Avancei na direção dele, afastando Jeremiah, que tentou me deter. Quando cheguei perto, percebi que não fazia ideia do que dizer. Nunca havia tentado impedir uma briga.

— Hã... Oi — falei, me colocando entre os dois. — Temos que ir.

Conrad me tirou do caminho.

— Cai fora, Belly.

— Quem é essa? Sua irmãzinha?

O cara me olhou de cima a baixo.

— Não. Meu nome é Be... Belly — respondi, mas, como estava nervosa, gaguejei ao dizer meu nome.

— Belly?

O cara começou a rir, e eu segurei o braço do Conrad.

— Vamos. Temos que ir — falei.

Só percebi como Conrad estava bêbado quando ele se desequilibrou um pouco ao tentar se desvencilhar de mim.

— Não vou embora. Isto aqui está começando a ficar animado. Olha só, estou prestes a dar uma surra nesse cara.

Eu nunca tinha visto Conrad daquele jeito. Ele estava me assustando. Onde a loira tinha ido parar? Desejei que ela estivesse ali para lidar com Conrad. Eu não sabia o que fazer.

O cara riu, mas notei que ele queria evitar aquela briga tanto quanto eu. Ele parecia cansado, como se só quisesse ficar em casa de cueca vendo televisão, mas Conrad estava a todo vapor. Parecia uma lata de refrigerante que tinha sido sacudida, pronta para explodir em alguém. Não importava em quem. Não importava que aquele cara fosse mais forte que ele. Não importaria nem se o cara tivesse seis metros de altura e fosse feito de concreto. Conrad queria brigar e não ficaria satisfeito enquanto isso não acontecesse. E aquele cara ia acabar com ele.

O cara continuava olhando de Conrad para mim. Então, balançando a cabeça, pediu:

— Belly, é melhor você levar seu irmãozinho pra casa.

— Não fala com ela — advertiu Conrad.

Coloquei minha mão no peito dele. Eu nunca tinha feito aquilo. Era firme e quente, e dava para sentir as batidas de seu coração rápidas e descontroladas.

— Por favor, vamos pra casa — pedi, mas era como se Conrad simplesmente não percebesse que eu estava ali, como se ele nem sentisse minha mão em seu peito.

— Escuta sua namoradinha, garoto — alertou o cara.

— Não sou namorada dele — retruquei, olhando para Cam, que estava com o rosto completamente inexpressivo.

Eu me virei para Jeremiah, desesperada. Ele se aproximou e falou alguma coisa baixinho no ouvido do irmão. Conrad o afastou, mas Jeremiah continuou falando com ele em voz baixa. Quando os dois me olharam, percebi que o assunto era eu. Conrad hesitou, mas por fim fez que sim com a cabeça. Então fingiu que socava o cara, meio que de brincadeira.

— Boa noite, otário — retrucou o cara, revirando os olhos e afastando Conrad com uma das mãos.

Soltei um suspiro de alívio.

Fomos andando até o carro, e Cam me segurou pelo braço.

— Você quer mesmo ir pra casa com eles? — perguntou.

Conrad se virou, indagando:

— Quem é esse cara?

— Está tudo bem — falei para Cam. — Não se preocupe. Eu ligo pra você.

Ele parecia preocupado.

— E quem vai dirigir?

— Eu — anunciou Jeremiah. Conrad não discutiu. — Não se preocupe, Sr. Careta, eu não bebo quando dirijo.

Eu estava morrendo de vergonha, e percebi que Cam ficou chateado, mas só assentiu. Eu o abracei depressa, e ele se retesou. Eu só queria consertar as coisas.

— Obrigada pela noite — agradeci.

Fiquei olhando enquanto ele se afastava, sentindo uma pontada de ressentimento. Conrad e seu temperamento idiota tinham arruinado meu primeiro encontro de verdade. Não era justo.

— Entrem no carro. Deixei meu chapéu lá dentro. Já volto — disse Jeremiah.

— Vai rápido — pedi.

Conrad e eu ficamos esperando no carro, em silêncio. Tudo parecia sinistramente quieto. Mesmo que só fosse pouco mais de uma da manhã, parecia que eram quatro da madrugada e o mundo inteiro estava dormindo. Ele se deitou no banco de trás, toda a energia de antes se esvaindo de seu corpo. Eu me sentei no banco do carona, apoiando os pés descalços no painel e jogando o corpo para trás. Nenhum de nós falou. Aquilo tudo tinha sido assustador. Eu não reconhecia Conrad, não compreendia o jeito como ele agira. De repente me senti muito cansada.

Meu cabelo estava jogado para trás. Do nada, senti que Conrad tocava as mechas, correndo os dedos por entre os fios. Acho que parei de respirar. Estávamos imersos no mais perfeito silêncio, e Conrad Fisher estava brincando com meu cabelo.

— Seu cabelo parece o de uma menininha, sempre todo bagunçado — comentou, baixinho.

Estremeci ao ouvir a voz dele. Parecia o som que o mar faz quando toca a areia.

Não falei nada. Nem olhei para trás. Não queria assustá-lo. Eu me sentia como da vez que tive uma febre alta e tudo parecia borrado, confuso e surreal. Tudo que eu sabia era que não queria que ele parasse.

Mas ele parou. Olhei pelo retrovisor. Ele fechou os olhos e suspirou. Eu fiz o mesmo.

— Belly — começou ele.

De repente, todos os meus sentidos estavam alertas. O sono tinha passado. Cada parte do meu corpo estava desperta. Eu prendia a respiração, esperando para ouvir o que ele ia dizer. Não respondi. Não queria quebrar o encanto.

Então Jeremiah voltou, abriu a porta e a bateu com força. Aquele momento, frágil e tênue, ficou pela metade. Tinha acabado. Não dava para saber o que ele ia dizer. Os momentos, quando passam, não podem ser recuperados — eles simplesmente passam.

Jeremiah me olhou de um jeito engraçado. Parecia que sabia que havia interrompido alguma coisa. Dei de ombros, e ele saiu com o carro.

O VERÃO QUE MUDOU MINHA VIDA

Liguei o rádio e aumentei o volume.

Uma tensão estranha tomou o ambiente durante todo o trajeto para casa. Estavam todos quietos: Conrad desmaiado no banco de trás, Jeremiah e eu na frente, sem nem olharmos um para o outro. Até que paramos na porta de casa, e Jeremiah falou com Conrad, em um tom áspero que não costumava usar:

— Mamãe não pode ver você nesse estado.

Foi quando percebi — ou me lembrei — que Conrad estava bêbado, que não estava consciente de nada que tinha dito ou feito naquela noite. E ele provavelmente não se lembraria de nada no dia seguinte. Seria como se nada tivesse acontecido.

Corri para o quarto assim que entramos. Eu queria esquecer o que tinha acontecido no carro e me lembrar só de como Cam me olhara na escada, com o braço encostando no meu ombro.

24

No dia seguinte, nada. Não que Conrad tenha me ignorado, porque isso teria sido alguma coisa, alguma prova de que algo acontecera, de que algo tinha mudado. Mas não: ele continuou me tratando do mesmo jeito de sempre, como se eu ainda fosse a pequena Belly, a garota de rabo de cavalo bagunçado e joelhos ossudos que corria atrás deles na praia. Eu devia ter imaginado.

Só que não importava se ele estava tentando me afastar ou me puxar para perto, a fonte da força ainda era a mesma: Conrad.

Cam passou uns dias sem me ligar. Eu não o culpava, e também não liguei para ele, mesmo pensando em fazer isso. Mas eu não sabia o que dizer.

Quando ele finalmente me ligou, nem tocou no assunto da festa. Só me chamou para ir ao drive-in. Aceitei, mas fiquei preocupada. Ir ao drive-in significava que íamos transar? Tipo fazer sexo selvagem, com as janelas do carro embaçadas e os bancos reclinados para trás?

Porque era isso que as pessoas faziam no drive-in, não? Tinha a área das famílias e o lugar dos casais assanhados, mais para o fundo do terreno. Eu só tinha ido lá em família, com Susannah, minha mãe e todo mundo, e também com os garotos, mas nunca como parte de um casal, jamais em um encontro.

Certa vez, Jeremiah, Steven e eu fomos espionar Conrad em um de seus encontros. Susannah deixou Jeremiah pegar o carro, mesmo que ele não tivesse tirado a carteira definitiva ainda. O drive-in ficava a uns cinco quilômetros de casa, e todo mundo naquela cidade dirigia — até as crianças, no colo dos pais. Conrad ficou furioso quando nos pegou xeretando; ele estava indo para a lanchonete quando nos viu. Foi muito engraçado. Seu cabelo estava todo bagunçado, e ele gritou com a gente, com os lábios cheios de gloss. Jeremiah quase morreu de rir.

Eu queria que Steven e Jeremiah estivessem lá, no escuro, me espionando e morrendo de rir. Seria reconfortante, e eu me sentiria mais segura.

Fui com o moletom do Cam, o zíper puxado até o pescoço. Cruzei os braços, como se estivesse tremendo de frio. Ainda que eu gostasse do Cam, ainda que quisesse estar ali, tive uma vontade súbita de saltar do carro e voltar a pé para casa. Só tinha beijado um garoto na vida, e nem tinha sido um beijo de verdade. Taylor me chamava de freira. Talvez eu tivesse mesmo vocação para levar uma vida celibatária. Talvez devesse entrar para um convento. Eu nem sabia se aquilo era um encontro de verdade. Talvez Cam tivesse perdido o interesse por mim naquela noite na festa e só quisesse ser meu amigo.

Ele mexeu no rádio até encontrar a estação certa. Então, batucando no volante, perguntou:

— Quer pipoca ou alguma outra coisa?

Eu meio que queria, mas tive medo de ficar com comida presa nos dentes, então disse que não e agradeci.

Ele estava totalmente interessado no filme, e às vezes se inclinava para a frente, perto do para-brisa, para poder ver mais de perto. Era um filme de terror antigo, e Cam me contou que era bem famoso, mas eu nunca tinha ouvido falar. E, de qualquer forma, eu nem estava prestando muita atenção. Estava mais concentrada em Cam do que no filme. Ele mordiscava os lábios o tempo todo. Não olhou para mim nem deu risada comigo nas partes engraçadas, como Jeremiah faria. Só ficou sentado no canto dele, encostado na porta, o mais longe possível de mim.

Quando o filme terminou, ele ligou o carro e perguntou:

— Vamos?

Fiquei muito decepcionada. Ele já queria ir embora. Não ia nem me levar para tomar uma casquinha ou dividir um sundae com calda quente. O encontro, se é que dava para chamar aquilo de encontro, tinha sido um fracasso. Ele não tentou me beijar nem uma vez — não que eu fosse necessariamente retribuir o beijo, mas ele poderia ao menos ter tentado.

— Hum-hum — respondi.

Queria chorar, mas não sabia bem por quê; para falar a verdade, eu nem sabia se queria beijá-lo.

Voltamos em silêncio. Ele estacionou na frente da casa — prendi a respiração por um instante, com a mão na maçaneta da porta, esperando para ver se ele desligaria o carro ou se eu deveria simplesmente descer. Mas ele estacionou e recostou a cabeça no banco, fechando os olhos por um tempo.

— Sabe por que eu me lembrei de você? — perguntou, de repente.

Era uma pergunta tão fora de contexto que levei um instante para entender do que ele estava falando.

— Na Convenção de Latim?

— É.

— Foi por causa da minha maquete do Coliseu? — brinquei.

Steven havia me ajudado a construir a maquete, e tinha ficado incrível.

— Não. — Cam agitou a mão no ar sem olhar para mim. — Foi porque achei você muito bonita. Talvez a garota mais bonita que já tinha visto na vida.

Eu ri. Dentro do carro, pareceu que eu estava rindo muito alto.

— Ah, sei. Conta outra, Sextus.

— É verdade — insistiu ele, elevando o tom de voz.

— Você só está falando isso pra me agradar.

Eu não podia acreditar naquilo. Eu *não queria* acreditar. Com garotos, um elogio como aquele era sempre a deixa para alguma piadinha.

Ele balançou a cabeça, comprimindo os lábios. Estava ofendido por eu não acreditar nele. Não era minha intenção magoá-lo, eu só não conseguia aceitar que aquilo pudesse ser verdade. Estava quase chateada pela mentira. Eu me lembro de mim naquela época, e certamente não era a garota mais bonita que *ninguém* já tinha visto na vida. Não com os óculos de fundo de garrafa, as bochechas enormes e o corpo infantil.

Então, Cam me encarou.

— No primeiro dia você usou um vestido azul. Era de veludo ou algo assim. Fazia seus olhos parecerem muito azuis.

— Meus olhos são cinza.

— Eu sei, mas com aquele vestido pareciam azuis.

E foi por isso que usei aquela roupa. Onde será que estava aquele vestido? Provavelmente em alguma caixa no sótão de casa, junto com todas as outras roupas de inverno. Bem, não importava: já estava pequeno demais.

Cam me olhava de um jeito tão fofo, esperando minha reação, com as bochechas coradas. Engoli em seco e perguntei:

— Por que você não falou comigo?

Ele deu de ombros.

— Você passou o tempo todo com seus amigos. Fiquei observando a semana toda, tentando tomar coragem. Não acreditei quando vi você naquela noite, na fogueira. Meio bizarro, né?

Cam riu, mas parecia um pouco constrangido.

— Meio bizarro — repeti, concordando.

Eu não conseguia acreditar que ele tinha reparado em mim. Quem olharia para mim com Taylor ao meu lado?

— Quase mudei o poema de Cátulo de propósito, só pra você ganhar — comentou, relembrando.

Ele chegou um pouco mais perto.

— Que bom que você não fez isso — falei. Eu me estiquei e toquei o braço dele, com a mão trêmula. — Queria que você tivesse falado comigo.

Então ele abaixou um pouco a cabeça e me beijou. Não soltei a maçaneta da porta. E só conseguia pensar: *Queria que este tivesse sido meu primeiro beijo.*

25

AINDA ESTAVA NAS NUVENS QUANDO CHEGUEI EM CASA, RELEMBRAN-do tudo que tinha acabado de acontecer. Até que ouvi minha mãe e Susannah discutindo na sala.

O medo cresceu dentro de mim, senti como se algo apertasse minha cabeça. Elas nunca brigavam, não de verdade.

Eu só tinha visto isso acontecer uma vez, no verão anterior. Nós três tínhamos ido fazer compras em um shopping chique fora de Cousins, um daqueles lugares a céu aberto, em que as pessoas passeiam com cachorrinhos em coleiras bonitas. Eu vi um vestido de chiffon lilás, com alcinhas finas, adulto demais para mim, mas adorei.

Susannah sugeriu que eu experimentasse, só de brincadeira, então eu o vesti. Ela disse que eu *precisava* comprá-lo. Minha mãe balançou a cabeça na mesma hora, perguntando: "Ela tem quatorze anos. Onde usaria um vestido desses?" Susannah falou que aquilo não tinha importância, que o vestido tinha ficado perfeito em mim. Eu sabia que não podíamos pagar, minha mãe havia acabado de se divorciar, mas pedi mesmo assim. Implorei. Minha mãe e Susannah começaram a discutir no meio da loja, na frente das pessoas. Susannah queria comprar o vestido para mim, mas minha mãe não aprovou a ideia. Eu disse que era melhor deixar para lá, que eu nem queria mais o vestido. Sabia que minha mãe estava certa, eu não teria onde usar uma roupa daquelas.

Quando voltamos para casa, no fim do verão, encontrei o vestido na minha mala, embrulhado em papel de seda, colocado cuidadosamente em cima das outras roupas, como se ele sempre tivesse estado lá.

Susannah tinha voltado à loja e comprado o vestido para mim. Era a cara dela fazer aquilo.

Minha mãe deve ter visto no armário, algum tempo depois, mas nunca tocou no assunto.

Parei no corredor, ouvindo a conversa, e me senti como a espiã que Steven sempre me acusava de ser. Mas não pude resistir.

— Laurel, eu sou adulta — escutei Susannah dizer. — Preciso que você pare de tentar controlar minha vida. Eu é que decido como quero viver.

Não esperei pela resposta da minha mãe. Entrei na sala e perguntei:

— O que está acontecendo?

Olhei para minha mãe enquanto falava. Sabia que soava como se a estivesse culpando, mas não liguei.

— Nada. Está tudo bem — retrucou ela, mas seus olhos estavam vermelhos, e ela parecia cansada.

— Então por que vocês estão brigando?

— Não estamos brigando, querida — garantiu Susannah, se aproximando e alisando meus ombros delicadamente, como se estivesse tentando desamassar um tecido. — Está tudo bem.

— Mas não parece.

— Bem, mas está — afirmou Susannah.

— Jura? — perguntei; queria acreditar.

— Juro — respondeu ela, sem hesitar.

Minha mãe se afastou, e deu para notar, pela postura dela, os ombros rígidos, que não estava tudo bem, que ela ainda estava triste, mas preferi ficar com Susannah e não a segui. Além disso, minha mãe preferia ficar sozinha nessas situações. Era só perguntar ao meu pai.

— O que ela tem? — sussurrei para Susannah.

— Nada. Vem cá, Belly, me conta, quero saber como foi seu encontro com o Cam — pediu Susannah, me conduzindo até o sofá de vime do solário.

Eu devia ter insistido, devia ter tentado entender o que realmente estava acontecendo entre as duas, mas minha preocupação foi substituída pelo desejo de contar tudo sobre Cam, *tudo*. Susannah tinha o dom de fazer com que a gente se abrisse com ela e revelasse até os maiores segredos.

Ela se sentou no sofá e deu um tapinha na própria perna. Eu me sentei ao seu lado e deitei a cabeça em seu colo, e ela mexeu no meu cabelo.

O ambiente parecia seguro e confortável, como se a briga não tivesse acontecido. E talvez não tivesse sido mesmo uma briga, talvez eu é que tivesse entendido errado.

— Bom, ele é diferente de todos os garotos que já conheci — comecei.

— Diferente como?

— Ah, o Cam é inteligente e não se importa com o que os outros pensam dele. E é tão bonito. Sabe, não consigo acreditar que ele tenha me notado.

Susannah balançou a cabeça.

— Ah, por favor. Claro que ele notaria você. Você é um amor. E desabrochou neste verão. As pessoas não conseguem *deixar* de notar você.

— Sei… — retruquei, descrente, mas gostei do elogio.

Susannah era ótima em fazer as pessoas se sentirem especiais.

— É muito bom poder contar com você para conversar sobre esses assuntos.

— Eu também adoro nossos papos, querida. Mas você deveria conversar com sua mãe, sabe?

— Ela não se interessa por esse tipo de coisa. Ela só finge que se importa, mas na verdade não liga.

— Ah, Belly. Isso não é verdade. Ela se importa, sim. — Susannah segurou meu rosto. — Sua mãe é sua maior fã. Depois de mim, é claro. Ela se importa muito com você. Nunca a exclua da sua vida.

Eu não queria mais falar da minha mãe. Queria falar sobre Cam. Então mudei de assunto:

— Você não vai acreditar no que ele me disse.

26

AGOSTO CHEGOU DE REPENTE. ACHO QUE O VERÃO ACABA MAIS RÁPIDO quando a gente passa com alguém. Para mim, esse alguém era Cam. Cam Cameron.

O Sr. Fisher sempre ia para a praia na primeira semana de agosto; levava coisas de que Susannah gostava, como croissants de amêndoa e chocolate com lavanda. E flores. Ele sempre levava flores, que Susannah amava. Ela dizia que precisava tanto de flores quanto de ar, que precisava delas para respirar. Tinha incontáveis vasos: altos, largos e de vidro, espalhados por toda a casa. E em todos os cômodos. Suas flores preferidas eram as peônias. Colocava um vaso delas na mesa de cabeceira, para ser a primeira coisa que via ao acordar.

E conchas. Ela adorava conchas. Guardava-as em uma taça. Quando voltava de uma caminhada na praia, sempre trazia uma porção delas. Ela as arrumava na mesa da cozinha e ficava admirando, falando coisas como "Esta aqui não parece uma orelha?", ou "Olhe o tom lindo de rosa desta". Então as ordenava da maior para a menor. Era um de seus rituais, e eu adorava vê-la envolvida naquilo.

Naquela semana, perto da data em que o Sr. Fisher normalmente chegava, Susannah mencionou que ele não havia conseguido tirar folga no trabalho. Tinha acontecido alguma emergência no banco, e seríamos só nós cinco naquele fim de verão. Seria o primeiro ano sem o Sr. Fisher e sem o meu irmão.

Depois que Susannah foi dormir, Conrad me disse, em uma conversa franca:

— Eles estão se divorciando.

— Quem? — perguntei.

— Meus pais. É só questão de tempo.

Jeremiah o encarou.

— Cala a boca, Conrad.

Conrad deu de ombros.

— Por quê? Você sabe que é verdade. Belly não está surpresa, está?

Eu estava. Bem surpresa, na verdade.

— Eles pareciam se amar de verdade — comentei.

E pareciam mesmo, o que quer que isso significasse. Eu tinha visto um milhão de vezes: os olhares que trocavam à mesa do jantar, a animação da Susannah quando ele chegava à casa de praia. Eu achava que pessoas como eles não se divorciavam, só casais como os meus pais.

— Eles se *amavam* — retrucou Jeremiah. — Não sei direito o que aconteceu.

— Papai é um idiota. Foi isso que aconteceu — respondeu Conrad, se levantando e encerrando o assunto.

Ele falou de um jeito seco, indiferente, mas aquele comportamento era estranho para alguém que adorava tanto o pai.

Fiquei me perguntando se o Sr. Fisher tinha uma nova namorada, assim como meu pai. Se ele havia traído Susannah. Mas quem trairia Susannah? Era impossível.

— Não fala pra sua mãe que você sabe — pediu Jeremiah, de repente. — Mamãe não sabe que a gente sabe.

— Não vou falar.

Fiquei me perguntando como eles tinham descoberto. Meus pais se sentaram comigo e com Steven e nos contaram tudo, nos mínimos detalhes.

Quando Conrad saiu da sala, Jeremiah disse:

— Antes de virmos pra cá, papai já estava dormindo no quarto de hóspedes fazia semanas. E já tinha levado a maior parte das roupas dele. Eles acharam mesmo que a gente não ia perceber? — A voz dele falhou no fim da frase.

Apertei a mão dele. Jeremiah estava mesmo magoado. E acho que Conrad também, mesmo que não quisesse demonstrar. E, parando para pensar, tudo fazia sentido: o comportamento do Conrad, tão diferente, tão perdido... Ele estava sofrendo. E ainda tinha Susannah. Ela vinha passando tanto tempo na cama, parecia tão triste. Ela também estava sofrendo.

27

— Você e o Cam têm passado muito tempo juntos — comentou minha mãe, me olhando por cima do jornal.

— Nem tanto — respondi, mas era verdade.

Na casa de praia, um dia acabava se misturando ao outro e a gente nem notava o tempo passar. Quando percebi, eu já estava saindo com Cam havia duas semanas. Ele era praticamente meu namorado, e nos encontrávamos quase todo dia. Eu nem sabia mais como era minha vida antes de conhecê-lo. Devia ser mesmo muito sem graça.

— Sentimos sua falta aqui em casa — reclamou minha mãe.

Eu teria me sentido lisonjeada se fosse Susannah falando, mas, vindo da minha mãe, só achei o comentário meio irritante, como se ela estivesse me recriminando. E, de qualquer forma, duvido que elas estivessem sentindo tanta falta assim de mim. As duas sempre faziam coisas juntas, sem me chamar.

— Belly, você vai trazer esse seu namorado pra jantar conosco amanhã? — perguntou Susannah, em uma voz doce.

Eu queria dizer que não, mas achava impossível negar qualquer coisa a Susannah. Ainda mais agora, que ela estava passando por um divórcio. Então apenas respondi:

— Hum... Talvez...

— Por favor, querida. Eu gostaria mesmo de conhecer esse rapaz.

— Tudo bem, vou falar com ele. — Acabei cedendo. — Mas não posso garantir nada, talvez ele tenha outros planos.

Susannah assentiu, tranquila.

— Mas convide mesmo assim.

Infelizmente para mim, Cam não tinha outros planos.

Susannah preparou tofu frito para Cam, porque ele era vegetariano. Eu achava isso admirável, mas fiquei sem graça quando Jeremiah fez uma careta para o prato. Ele tinha feito hambúrgueres — Jeremiah aproveitava qualquer desculpa para usar a churrasqueira, igual ao pai. Ele me perguntou se eu queria um, mas recusei, mesmo querendo.

Conrad já tinha jantado e estava no andar de cima, tocando violão. Ele nem se deu ao trabalho de jantar conosco. Só desceu para pegar uma garrafa de água, mas nem cumprimentou Cam.

— Por que você não come carne, Cam? — perguntou Jeremiah, enfiando metade de um hambúrguer na boca.

Cam bebeu um gole de água e respondeu:

— Eu sou moralmente contra comermos animais.

Jeremiah assentiu, sério.

— Mas Belly come carne. Você deixa ela beijar você com essa boca? — Então começou a rir.

Susannah e minha mãe trocaram um sorrisinho cúmplice.

Eu senti o rosto esquentando, e notei que Cam ficou tenso ao meu lado.

— Cala a boca, Jeremiah.

Cam olhou de relance para minha mãe e deu um sorrisinho sem graça.

— Eu não julgo quem escolhe comer carne. É uma escolha pessoal.

— Então você não se importa quando os lábios dela encostam em um animal morto e depois encostam nos seus? — continuou Jeremiah.

Susannah riu e disse:

— Jere, deixa o garoto em paz.

— É, Jere, deixa ele em paz — repeti, olhando feio. Dei um chute nele por debaixo da mesa, com força, e ele chegou a se encolher.

— Está tudo bem — disse Cam. — Eu não ligo mesmo. Na verdade...

Ele me puxou para perto e me deu um beijinho rápido, na frente de todo mundo. Foi só um selinho, mas fiquei morrendo de vergonha.

— Por favor, nada de beijar a Belly na mesa do jantar — pediu Jeremiah, fingindo sufocar o vômito. — Fico até enjoado.

Minha mãe balançou a cabeça, retrucando:

— Belly autorizou o beijo. — Então ela apontou o garfo para Cam: — Mas já chega.

Então começou a rir, como se fosse a coisa mais engraçada que já tivesse dito na vida. Susannah tentava não rir e a mandava parar, e eu só queria matar minha mãe e depois me matar.

— Mãe, por favor. Não tem graça — falei. — Suspendam o vinho dessa mulher.

Eu me recusava a olhar para Jeremiah. E para Cam.

A verdade era que nós dois não tínhamos feito muito mais do que nos beijarmos. E ele não parecia ter muita pressa; era cuidadoso comigo, delicado… até um pouco preocupado. Era completamente diferente dos outros garotos. No verão anterior, eu tinha visto Jeremiah com uma garota na praia, perto de casa: os dois estavam na maior pegação. Se não estivessem vestidos, eu diria que estavam transando. Passei o resto do verão jogando isso na cara dele, mas Jeremiah não parecia se importar. Eu queria que Cam se importasse um pouco mais.

— Belly, estou brincando. Você sabe que acho ótimo que você descubra sua sexualidade — comentou minha mãe, tomando um longo gole de vinho.

Jeremiah caiu na gargalhada. Eu me levantei e disse:

— Chega. Cam e eu vamos comer na varanda.

Peguei meu prato e esperei que ele também se levantasse, mas Cam não se levantou.

— Calma, Belly. É só uma brincadeira — disse ele, enchendo a boca com uma enorme garfada de arroz com repolho.

— Boa, Cam. Mostra quem é que manda — apoiou Jeremiah, parecendo mesmo um pouco impressionado com a atitude de Cam.

Voltei a me sentar, mesmo sentindo que fazer aquilo acabava comigo. Eu detestava perder a cabeça na frente de todos, mas sabia que, se saísse sozinha, ninguém iria atrás de mim. Só queria ser a pequena Belly de novo, fazendo beicinho. Quando eu começava a fazer drama, Steven sempre me chamava de Beicinho, apelido que ele achava genial.

— Ninguém manda em mim, Jeremiah. Muito menos Cam Cameron.

Todo mundo zombou de mim, até Cam, e, do nada, tudo pareceu muito normal, como se ele fizesse parte da família. Eu estava começando a relaxar. Ia ficar tudo bem. Ótimo, na verdade. Incrível, como Susannah prometera.

Depois do jantar, Cam e eu fomos dar uma volta na praia. Para mim não havia — e não há — nada melhor do que andar na praia tarde da noite. É como se a gente pudesse caminhar para sempre, como se a noite inteira e todo o oceano fossem nossos e pudéssemos dizer coisas que em geral não dizemos de dia. No escuro, a gente se sente bem próximo da outra pessoa. E podemos ser completamente honestos.

— Adorei você ter vindo — confessei.

Ele segurou minha mão.

— Eu também. E adorei você ter adorado.

— É claro que adorei.

Soltei a mão dele para desabotoar a calça jeans, e ele comentou, baixinho:

— Não sabia que você tinha adorado tanto assim.

— Bom, eu adorei. — Olhei para ele e lhe dei um beijinho rápido. — Está vendo? Esta sou eu, adorando.

Ele sorriu e começou a andar de novo.

— Ótimo. E então? Com qual dos dois foi seu primeiro beijo?

— Eu contei isso a você?

— Contou. Você disse que seu primeiro beijo tinha sido com um garoto na praia quando você tinha treze anos.

— Ah. — Olhei para o rosto dele, iluminado pela lua. Cam estava quase sorrindo. — Adivinha.

O VERÃO QUE MUDOU MINHA VIDA

— O mais velho. Conrad — anunciou ele, sem pensar duas vezes.

— Por que acha que foi com ele?

Ele deu de ombros.

— Só um palpite, pelo jeito como ele olha pra você.

— Ele mal olha pra mim — retruquei. — E você errou, Sextus. Foi com Jeremiah.

28

Quatorze anos

— VERDADE OU CONSEQUÊNCIA? — PERGUNTOU TAYLOR PARA CONRAD.

— Não estou brincando — respondeu ele.

Taylor fez bico e protestou:

— Ah, deixa de ser gay!

— Você não devia usar a palavra "gay" desse jeito — advertiu Jeremiah.

Taylor ficou sem palavras.

— Eu não quis insinuar nada, Jeremy — disse ela, por fim.

— Então o que você quis dizer com isso, Taylor? — retrucou Jeremiah.

Ele estava falando em um tom sarcástico, mas até mesmo aquele tom desagradável era melhor do que o zero de atenção que eu recebia. Provavelmente ele só estava irritado com toda a atenção que ela estava dando a Conrad.

Taylor deu um suspiro exagerado e se virou para ele.

— Conrad, deixa de ser chato. Vem brincar de verdade ou consequência com a gente.

Ele a ignorou e botou o volume da TV no máximo, então apontou o controle remoto para Taylor e fingiu abaixar o volume dela até o mínimo. Eu ri alto.

— Tudo bem, ele não quer brincar. Steven, verdade ou consequência?

Steven revirou os olhos.

— Verdade.

Os olhos da Taylor se iluminaram.

— Certo. Até onde você foi com a Claire Cho?

Eu sabia que ela vinha guardando aquela pergunta havia algum tempo, esperando o momento exato de fazê-la. Claire Cho era uma garota com quem Steven saíra durante a maior parte do primeiro ano; Taylor dizia que Claire tinha patas de elefante, mas eu achava que os tornozelos dela eram perfeitamente esguios. Achava Claire Cho toda perfeita.

Steven ficou vermelho.

— Não vou responder.

— Você *tem que* responder. Estamos brincando de verdade ou consequência; você não pode simplesmente sentar aqui e ouvir os segredos das outras pessoas se não for participar — falei.

Eu também queria saber o que tinha rolado entre os dois.

— Ninguém contou nenhum segredo ainda! — protestou ele.

— Mas vamos contar, Steven — retrucou Taylor. — Agora seja homem e abre o bico.

— É, Steven, abre o bico, seja homem — disse Jeremiah, entrando na conversa.

Nós dois começamos a repetir:

— Seja homem! Seja homem!

Até Conrad abaixou o volume da TV para ouvir a resposta.

— Tudo bem — concordou Steven. — Se vocês calarem a boca, eu conto.

Ficamos quietos, na expectativa.

— E aí? — perguntei.

— Nós... Nós nos tocamos — confessou ele, por fim.

Eu me recostei no sofá. Eles se tocaram. Nossa. Que interessante. Meu irmão e a namorada se masturbaram. Que esquisito. Que nojento.

Taylor parecia muito satisfeita.

— Muito bem, Stevie.

Ele sorriu para ela e anunciou:

— Agora é minha vez.

Steven olhou ao redor, e eu me afundei nas almofadas do sofá. Torci para que ele não me escolhesse e me obrigasse a confessar em voz alta que eu nunca tinha nem beijado um garoto. Conhecendo meu irmão, era bem o tipo de coisa que ele faria.

Qual não foi minha surpresa quando o ouvi declarar:

— Taylor. Verdade ou consequência?

Steven tinha mesmo entrado na brincadeira.

— Você não pode me escolher, porque eu acabei de fazer uma pergunta pra você. Tem que escolher outra pessoa — retrucou Taylor.

Era verdade, aquela era a regra.

— Está com medo, Tay-Tay? Não tem coragem?

Ela hesitou.

— Tudo bem. Verdade.

Steven deu um sorrisinho maldoso.

— Quem você beijaria nesta sala?

Taylor pensou por alguns segundos, então fez aquela cara marota que ela sempre fazia. Era a mesma cara que tinha feito quando pintou o cabelo da irmãzinha de azul, aos oito anos. Ela esperou até que todos estivessem prestando atenção e anunciou, triunfante:

— Belly.

Fez-se um minuto de silêncio retumbante, e todo mundo começou a rir — Conrad foi quem riu mais alto. Joguei uma almofada em Taylor, com força.

— Isso não é justo. Você não respondeu a verdade — reclamou Jeremiah, apontando o dedo para ela.

— Respondi, sim — disse Taylor, de maneira afetada. — Eu escolheria Belly. Olha só, a irmãzinha preferida de todo mundo, Jeremy. Ela está ficando uma gata, bem debaixo do seu nariz.

Escondi o rosto em uma almofada. Eu sabia que estava mais vermelha que Steven. Principalmente porque não era verdade: eu não estava ficando uma gata debaixo do nariz de todos eles, e todos sabíamos disso.

— Taylor, cala a boca. Cala a boca, por favor.

— É, cala a boca, Tay-Tay — disse Steven, também meio corado.

— Se você falou mesmo a verdade, então beija a Belly — retrucou Conrad, os olhos colados de volta na TV.

— Ei! — protestei, encarando-o. — Eu sou um ser humano. Você não pode me beijar sem minha permissão.

Ele se virou para mim e declarou:

— Mas não sou eu quem vai beijar você.

Protestei com mais veemência:

— Mesmo assim, permissão não concedida. Pra nenhum de vocês.

Desejei poder mostrar a língua para ele sem ser acusada de ser um bebê.

Taylor interveio depressa:

— Eu escolhi verdade, não consequência. É por isso que não vamos nos beijar.

— Nós não vamos nos beijar porque eu não quero beijar você — afirmei. Senti que estava vermelha, em parte porque estava com raiva, mas também porque estava lisonjeada. — Agora chega de falar disso. É a sua vez de perguntar — disse para Taylor.

— Tudo bem. Jeremiah. Verdade ou consequência?

— Consequência — respondeu ele, recostando preguiçosamente no sofá.

— Certo. Beije alguém nesta sala, agora.

Taylor lançou um olhar confiante para ele e esperou.

Senti como se todos estivessem sentados nas pontas das cadeiras, esperando Jeremiah dizer alguma coisa. Ele realmente faria aquilo? Ele não era o tipo de garoto que recusava um desafio. Eu estava curiosa para saber o tipo de beijo que ele daria; se seria um beijo de língua ou um selinho. E também queria saber se aquele seria o primeiro beijo deles ou se ele e Taylor já haviam se beijado alguma vez naquela semana — talvez no fliperama, quando eu não estava olhando. Eu tinha quase certeza de que já havia rolado um beijo.

Jeremiah se levantou.

— Moleza — retrucou, esfregando as mãos e dando um sorriso.

Taylor sorriu de volta e inclinou a cabeça para o lado, o cabelo cobrindo um pouco seus olhos.

Então Jeremiah se virou para mim e perguntou:

— Pronta?

E, antes que eu pudesse responder, ele me deu um beijo na boca. Ele estava com a boca um pouco aberta, mas não foi um beijo de língua. Tentei empurrá-lo para longe, mas ele continuou naquilo por alguns segundos.

Eu o empurrei de novo, e ele caiu de volta no sofá, na pose mais despretensiosa que conseguiu. Todos estavam sentados, boquiabertos, com exceção do Conrad, que não parecia nem um pouco surpreso. Mas Conrad nunca parecia surpreso. Eu, por outro lado, estava com dificuldade até para respirar. Tinha acabado de dar meu primeiro beijo. Na frente de outras pessoas. Na frente do meu irmão.

Eu não podia acreditar que Jeremiah tinha roubado meu primeiro beijo daquele jeito. Eu queria que tivesse sido especial, mas acabou acontecendo no meio de uma brincadeira de verdade ou consequência! Não dava para ser menos especial. E, para piorar, ele só tinha feito aquilo para deixar Taylor com ciúme, não porque ele gostava de mim.

E tinha funcionado. Taylor encarava Jeremiah como se ele a tivesse desafiado. E acho que foi exatamente o que ele fez.

— Nojento — protestou Steven. — Que brincadeira podre. Estou fora — anunciou, olhando para a gente com uma expressão de desgosto e saindo da sala.

Eu me levantei também, assim como Conrad.

— Até mais — falei. — E, Jeremiah, você ainda me paga.

Ele deu uma piscadela e disse:

— Uma massagem nas costas seria um bom pagamento?

Joguei uma almofada na cabeça dele e saí batendo a porta. O imbecil ainda fingiu que estava flertando comigo. Era tão paternalista, tão humilhante.

O VERÃO QUE MUDOU MINHA VIDA

Levei uns três segundos para perceber que Taylor não tinha vindo atrás de mim. Ela continuava lá, rindo das piadas idiotas do Jeremiah.

No corredor, Conrad me olhou daquele jeito dele e disse:

— Você sabe que adorou o que aconteceu.

— Como você pode saber? Você é obcecado demais consigo mesmo pra prestar atenção em qualquer outra pessoa.

Ele se afastou, dizendo:

— Eu presto atenção em tudo. Até mesmo na coitadinha da Belly.

— Vai se ferrar! — gritei, porque foi a única coisa em que consegui pensar.

Eu podia ouvi-lo rindo enquanto ele fechava a porta do quarto.

Fui para o meu e me enfiei embaixo das cobertas. Fechei os olhos e repassei o que tinha acabado de acontecer. Os lábios do Jeremiah tinham tocado os meus. Meus lábios já não eram mais só meus. Tinham sido *tocados*. E pelo *Jeremiah*. Eu finalmente tinha sido beijada, e fora meu amigo Jeremiah quem fizera isso. Meu amigo Jeremiah, que tinha me ignorado a semana inteira.

Eu precisava falar com Taylor, conversar com ela sobre meu primeiro beijo, mas não podia, porque ela estava lá embaixo, beijando o mesmo garoto que havia acabado de me beijar. Eu tinha certeza.

Quando ela subiu para o quarto, mais tarde, fingi que estava dormindo.

— Belly? — sussurrou ela.

Não respondi, só me mexi um pouco.

— Eu sei que você está acordada, Belly. E eu perdoo você.

Tive vontade de me levantar e dizer: "Ah, você *me* perdoa? Bem, pois *eu* não perdoo você por estragar meu verão." Mas não disse nada. Continuei fingindo que estava dormindo.

Acordei bem cedo na manhã seguinte, pouco depois das sete, e Taylor já tinha saído. Eu sabia que ela ia sair. Fora assistir ao nascer do sol com Jeremiah. Estávamos planejando ver o nascer do sol um dia antes de ela ir embora, mas sempre perdíamos a hora. Ela partiria dali a dois dias, e tinha escolhido ver o sol nascer com Jeremiah. Claro.

Botei o maiô e fui para a piscina. De manhã cedo estava sempre um pouco frio lá fora, com um ventinho gelado, mas eu não ligava. Nadar de manhã me dava a sensação de nadar no mar. Teoricamente, nadar no mar é ótimo, mas a água salgada faz meus olhos arderem demais, então não faço isso com tanta frequência. E a piscina é mais reservada. Mesmo que todo mundo a use também, de manhãzinha e à noite ela é só minha — e da Susannah, claro.

Quando abri o portão para a piscina, vi minha mãe sentada em uma das espreguiçadeiras, lendo um livro. Ela não estava lendo de verdade, e sim segurando-o aberto enquanto encarava o vazio.

— Oi, mãe — cumprimentei, mais para tirá-la do transe do que qualquer outra coisa.

Ela ergueu os olhos, assustada.

— Bom dia. Dormiu bem?

Dei de ombros e deixei a toalha em uma cadeira ao lado dela.

— Acho que sim.

Minha mãe protegeu os olhos do sol e me encarou.

— Você e a Taylor estão se divertindo?

— Muito. Estamos nos divertindo à beça.

— Onde ela está?

— Quem sabe? Quem se importa?

— Vocês duas brigaram? — perguntou minha mãe, em um tom casual.

— Não. Só estou começando a desejar que ela não tivesse vindo pra cá. Só isso.

— Melhores amigas são importantes. São a coisa mais próxima de uma irmã que podemos ter. Não desperdice essa amizade.

— Não estou desperdiçando nada. Por que você tem sempre que colocar a culpa em mim? — retruquei, irritada.

— Não estou colocando a culpa em você. Por que acha que tudo sempre é com você, querida?

Minha mãe sorriu daquele seu jeito irritantemente calmo.

Revirei os olhos e pulei de costas na piscina. Estava congelante. Quando voltei à superfície, gritei:

— Eu não acho!

E comecei a nadar. Cada vez que pensava em Taylor e Jeremiah, ficava com mais raiva e nadava mais rápido. Quando terminei, meus ombros ardiam.

Minha mãe tinha saído, mas Taylor, Jeremiah e Steven haviam acabado de chegar.

— Belly, você vai acabar ficando com os ombros largos se nadar demais — advertiu Taylor, enfiando o pé na água.

Eu a ignorei. O que Taylor sabia sobre exercícios físicos? Ela considerava passear de salto no shopping um esporte.

— Onde vocês estavam? — perguntei, boiando de costas.

— A gente só deu uma saidinha — respondeu Jeremiah, vagamente.

Judas, pensei. *Um bando de traidores.*

— Cadê o Conrad?

— Não tenho a mínima ideia. Ele é descolado demais para sair com a gente — respondeu Jeremiah, jogando-se em uma das espreguiçadeiras.

— Ele saiu pra correr — respondeu Steven, um pouco na defensiva. — Ele precisa voltar à forma para a temporada de futebol. E vai embora semana que vem, pra treinar, lembra?

Eu me lembrava. Naquele ano, Conrad partiria mais cedo para chegar a tempo da seleção para o time. Eu nunca achei que Conrad fosse do tipo que joga futebol americano, mas lá estava ele, treinando e tentando fazer parte da equipe. Eu apostava que tinha o dedo do Sr. Fisher naquilo; era a cara dele. Foi a mesma história com Jeremiah, que nunca levou o esporte muito a sério. Bem, Jeremiah nunca levava nada muito a sério.

— Acho que também vou entrar pro time no ano que vem — comentou Jeremiah, em um tom casual.

E deu uma olhadinha para Taylor, para ver se ela parecia impressionada. Não parecia. Não estava nem olhando para ele.

Vi Jeremiah murchar um pouco, e fiquei até com pena, apesar de tudo.

— Vamos apostar uma corrida, Jere — sugeri.

Ele deu de ombros e se levantou, tirando a camisa. Então foi até o lado mais fundo da piscina e mergulhou.

— Quer um braço de vantagem? — perguntou, voltando à superfície.

— Não. Acho que consigo vencer você sem isso — respondi, batendo as pernas. — Vamos lá!

Nadamos em estilo livre. Ele venceu a primeira e a segunda, mas eu ganhei a terceira e a quarta. Taylor estava torcendo para mim, o que só me deixava mais irritada.

Na manhã seguinte, Taylor saiu bem cedo de novo. Dessa vez, eu ia me juntar a eles. Ela e Jeremiah não eram os donos da praia, afinal. Eu tinha tanto direito de assistir ao nascer do sol quanto eles. Eu me levantei, troquei de roupa e saí.

Não os vi de primeira; eles estavam bem mais longe que o normal, de costas para mim. Jeremiah a abraçava por trás, e os dois estavam se beijando. Ele não estava nem aí para o nascer do sol. E... não era Jeremiah. Era Steven. Meu irmão.

Parecia um daqueles filmes com final surpreendente, quando tudo se encaixa e faz sentido. De repente minha vida tinha virado *Os Suspeitos*, e Taylor era a chefe da gangue. As cenas corriam pela minha memória: Taylor e Steven brigando, ele com a gente no calçadão naquela noite, Taylor dizendo que Claire Cho tinha elefantíase, todas aquelas tardes que ela passava na minha casa...

Eles não ouviram quando eu me aproximei, mas eu falei bem alto:

— Uau! Primeiro Conrad, depois Jeremiah e agora meu irmão.

Ela se virou, surpresa. Steven também parecia surpreso.

O VERÃO QUE MUDOU MINHA VIDA

— Belly... — começou ela.

— Cala a boca! — Olhei para o meu irmão, que se encolheu um pouco, envergonhado. — Você é um hipócrita. Você nem gosta dela! E ainda diz que ela manchou os neurônios com água oxigenada!

Steven pigarreou, olhando para nós duas sem saber o que dizer.

— Eu nunca disse isso.

Os olhos da Taylor se encheram de lágrimas, e ela os secou com a manga do moletom. O moletom do Steven. Eu estava com raiva demais para chorar.

— Vou contar pro Jeremiah.

— Belly, fica calma. Você já está bem grandinha pra esse tipo de birra — interveio Steven, balançando a cabeça com aquele ar de irmão mais velho.

As palavras saíram da minha boca de um jeito seco, rápido, definitivo.

— Vai pro inferno!

Eu nunca tinha falado daquele jeito com meu irmão. Nunca achei que um dia falaria daquele jeito com *ninguém*. Steven piscou, atônito.

Foi quando saí de perto. Taylor veio atrás de mim, mas teve que correr para me alcançar, de tão rápido que eu andava. Acho que a raiva aumenta a velocidade.

— Belly, me desculpa — começou ela. — Eu ia contar. É que foi tudo rápido demais.

Parei e me virei para ela.

— Quando? Quando foi que as coisas aconteceram? Porque, pelo que sei, as coisas estavam acontecendo meio rápido com *Jeremy*, não com meu irmão.

Ela deu de ombros, impotente, o que me deixou ainda mais furiosa. Tadinha da Taylor, tão indefesa...

— Eu sempre tive uma quedinha pelo Steven. Você sabe, Belly.

— Na verdade, eu não sabia. Obrigada por me contar.

— Quando vi que ele também gostava de mim, foi, tipo... Eu nem conseguia acreditar. Não consegui raciocinar.

Jenny Han

— Esse é o ponto. Ele não gosta de você. Só está usando você, porque você está disponível.

Sei que era algo cruel de se dizer, mas era verdade. Entrei em casa e a deixei do lado de fora.

Ela foi atrás de mim e me segurou pelo braço, mas a empurrei para longe.

— Por favor, não fica com raiva, Belly. Não quero que as coisas mudem entre nós, nunca — pediu Taylor, os olhos castanhos marejados.

Na verdade, o que ela estava dizendo era: não quero que as coisas mudem entre nós enquanto eu fico com uns peitos enormes, largo o violino e beijo seu irmão.

— As coisas não podem ficar iguais pra sempre — retruquei. Falei aquilo para magoá-la, porque sabia que ela ficaria chateada.

— Não fica brava comigo, Belly, por favor.

Taylor detestava que alguém ficasse bravo com ela.

— Não estou brava com você. Só não acho que somos amigas como antes.

— Não fala assim, Belly.

— Só estou dizendo a verdade.

— Olha, me desculpa, ok?

Eu a encarei por um segundo.

— Você prometeu que seria legal com ele.

— Com quem? Steven?

Taylor parecia genuinamente confusa.

— Não. Com o Jeremiah. Você disse que seria legal com ele.

Ela agitou a mão no ar.

— Ah, ele não liga.

— Liga, sim. Você não o conhece. — *Não como eu conheço*, eu queria acrescentar. — Não achei que você seria tão... tão... — Procurei a palavra perfeita, para atingi-la como ela me atingira. — Tão galinha.

— Eu não sou galinha! — protestou ela, em uma vozinha fina.

Aquele era meu poder sobre ela, minha suposta inocência contra a suposta galinhagem de Taylor. Era tudo uma grande besteira. Eu teria trocado de lugar com ela sem pensar duas vezes.

Mais tarde, Jeremiah me chamou para jogar cartas. Não tínhamos nem olhado para o baralho o verão inteiro, e sempre jogávamos, era uma tradição nossa. Fiquei feliz por termos resgatado aquilo, mesmo que fosse um prêmio de consolação.

Ele distribuiu minhas cartas e começamos a jogar, mas estávamos agindo mecanicamente, com a cabeça em outro lugar. Pensei que tivéssemos um acordo tácito de não falar sobre Taylor e que talvez ele nem soubesse o que acontecera, até que Jeremiah disse:

— Queria que você nunca tivesse trazido ela aqui.

— Eu também.

— É melhor quando somos só nós dois — continuou ele, embaralhando sua pilha.

— É.

Depois que ela foi embora, as coisas foram e não foram mais as mesmas. Continuamos amigas, mas não melhores amigas, não como antes. Mas ainda éramos amigas. Nós nos conhecíamos desde sempre, e não era fácil jogar fora toda uma história de amizade. É como se desfazer de uma parte de si mesmo.

Steven voltou a ignorar Taylor e ficar obcecado por Claire Cho. Nós dois fingimos que nada tinha acontecido. Só que tinha.

29

OUVI QUANDO ELE CHEGOU EM CASA. ACHO QUE A CASA INTEIRA ouviu, menos Jeremiah, que conseguiria dormir até durante um tsunami. Conrad subiu a escada, tropeçando e praguejando, bateu a porta e ligou o som bem alto. Eram três da manhã.

Fiquei deitada na cama por uns três segundos antes de me levantar e ir até o quarto dele, no fim do corredor. Bati duas vezes, mas a música estava tão alta que era bem provável que ele nem tivesse escutado. Abri a porta. Conrad estava sentado na beirada da cama, tirando os sapatos. Ele ergueu os olhos e me viu ali, parada na sua frente.

— Sua mãe não ensinou você a bater? — perguntou, levantando-se e abaixando o volume.

— Eu bati, mas a música estava tão alta que você não ouviu. Você deve ter acordado a casa inteira, Conrad.

Entrei no quarto e fechei a porta. Fazia muito tempo que eu não entrava ali. Continuava do jeito que eu me lembrava, perfeitamente arrumado. O quarto do Jeremiah era uma zona, parecia que tinha passado um furacão por lá, mas o do Conrad, não. Tinha um lugar para cada coisa, e cada coisa estava em seu lugar. Os desenhos a lápis ficavam presos no quadro de avisos, as miniaturas de carros estavam arrumadas em cima da cômoda... Era reconfortante ver que pelo menos ali nada havia mudado.

O cabelo dele estava bagunçado, como se alguém tivesse bagunçado. Provavelmente, a garota do boné do Red Sox.

— Vai contar pra todo mundo, Belly? Você ainda é fofoqueira?

Eu o ignorei e fui até a escrivaninha. Uma foto dele com o uniforme do time de futebol americano, carregando a bola debaixo do braço, estava pendurada na parede, logo acima.

— Por que você parou de jogar, afinal?

— Não estava mais me divertindo.

— Eu achei que você amasse futebol americano.

— Não. Quem amava era meu pai.

— Mas você também parecia amar.

Na foto ele parecia meio bravo, mas dava para ver que estava tentando não sorrir.

— Por que você largou o balé?

Eu me virei para ele, que desabotoava a camisa branca, ficando só de camiseta.

— Você se lembra disso?

— Você ficava dançando pela casa que nem um gnomo animado.

Fiz beicinho para ele.

— Gnomos não dançam. E, pra sua informação, eu era uma bailarina.

Ele deu um sorrisinho irônico.

— E por que você parou de dançar?

Foi quando meus pais se divorciaram. Minha mãe não tinha mais tempo de me levar e buscar no balé duas vezes por semana, porque arrumara um emprego. Não parecia mais fazer sentido. De qualquer forma, eu já estava meio cansada do balé, e Taylor também havia parado. Sem contar que eu odiava usar o collant. Meus peitos tinham crescido antes dos de todas as meninas da turma, e eu parecia mais a professora. Eu morria de vergonha.

Não contei nada disso a ele. Em vez disso, falei:

— Era muito legal! Eu poderia estar dançando em uma companhia de balé!

Não poderia, não. Eu não era tão boa assim. Nem forçando muito a barra.

— Claro — retrucou ele, debochado e nem um pouco convencido, sentado ali na cama.

— Pelo menos eu sei dançar.

— Ei! Eu sei dançar!

Jenny Han

Cruzei os braços.

— Então prova.

— Não preciso provar nada. Fui eu que ensinei alguns passos a você, lembra? Como você esquece rápido, hein?

Conrad pulou da cama, segurou minha mão e me girou.

— Viu? Estamos dançando.

Ele passou o braço pela minha cintura e me girou mais um pouco, às gargalhadas.

— Eu danço melhor que você, Belly — anunciou, caindo na cama.

Olhei para ele. Eu não o entendia, não mesmo. Em um momento estava pensativo e retraído, e no segundo seguinte estava rindo e me girando pelo quarto.

— Não considero isso uma dança — retruquei, saindo do quarto. — E pode diminuir um pouquinho o volume? Acordou a casa inteira.

Ele sorriu. Conrad tinha um jeito de olhar para mim — para qualquer um, na verdade — que fazia eu me desintegrar e querer me jogar a seus pés.

— Claro. Boa noite, Bells.

Bells, um apelido de mil anos atrás.

Era tão difícil não amar aquele garoto…. Eu sempre me lembrava disso quando ele era doce daquele jeito. Do porquê costumava amá-lo.

Era quando eu me lembrava de tudo.

30

Onze anos

A COLEÇÃO DE CDs NA CASA DE PRAIA NÃO ERA MUITO EXTENSA, E passávamos o verão inteiro ouvindo as mesmas músicas. Susannah colocava The Police de manhã, Bob Dylan à tarde e Billie Holiday na hora do jantar. As noites eram livres. Eram os momentos mais engraçados. Jeremiah colocava seu *The Chronic*, e minha mãe cantarolava junto enquanto lavava roupa, apesar de não gostar muito de rap. Logo depois, ela colocava Aretha Franklin, e Jeremiah cantava todas as músicas que, de tanto ouvir, todos nós já sabíamos de cor.

Minhas músicas preferidas eram as da Motown e as com um ar ensolarado, de praia. Eu gostava de ouvi-las no walkman velho da Susannah enquanto tomava sol. Naquela noite, tinha colocado *Boogie Beach Shag* para tocar no grande aparelho de som da sala, e Susannah puxara Jeremiah para dançar. Ele estava jogando pôquer com Steven, Conrad e minha mãe, que jogava muito bem.

Jeremiah reclamou, mas dançou com a mãe, aquelas danças de praia dos anos 1960. Fiquei observando Susannah jogar a cabeça para trás, rindo, enquanto Jeremiah girava em torno dela, e quis dançar também. Meus pés estavam coçando, afinal de contas, eu era bailarina clássica e contemporânea. Que mal havia em mostrar que eu era boa?

— Dança comigo, Steven — pedi, cutucando meu irmão.

Eu estava deitada no chão de barriga para baixo, olhando para eles.

— Nunca.

Como se ele soubesse dançar.

— Con, dança com a Belly — ordenou Susannah, com o rosto vermelho, enquanto Jeremiah a girava mais uma vez.

Não tive coragem de olhar para Conrad. Tinha medo de que meu amor por ele e o desejo de que ele dissesse sim estivessem estampados na minha cara.

Conrad suspirou. Na época, ele ainda era obediente. Estendeu a mão e me puxou. Eu me levantei tremendo. Ele não largou minha mão.

— Essa dança é assim — ensinou, balançando os pés para um lado e para outro. — Um-dois-três, um-dois-três, pisa.

Levei um tempo para pegar o jeito. Era mais difícil do que parecia, e eu estava nervosa.

— Sente a batida — mandou Steven, ao meu lado.

— Relaxa o corpo, Belly. É uma dança relaxada — orientou minha mãe, do sofá.

Tentei ignorá-los e olhar só para Conrad.

— Como você aprendeu a dançar? — perguntei.

— Minha mãe ensinou a nós dois. — Ele me puxou para perto e posicionou minhas mãos em seus ombros, para que fizéssemos os passos juntos, lado a lado. — Este passo se chama abraço.

O abraço era minha parte favorita. Era o mais perto que eu já tinha chegado do Conrad.

— Vamos fazer esse de novo — pedi, fingindo não ter entendido.

Ele me mostrou mais uma vez como se fazia, colocando os braços em volta dos meus.

— Viu? Você está quase aprendendo.

Ele me girou, e até fiquei tonta. Era pura alegria.

31

PASSEI O DIA SEGUINTE INTEIRO NA PRAIA COM CAM. FIZEMOS UM piquenique. Ele preparou sanduíches de pão integral com abacate, brotos e a maionese caseira da Susannah. Estavam gostosos. Ficamos dentro d'água pelo que pareceram horas. Toda vez que vinha uma onda, um de nós começava a rir e os dois levavam um caldo. Meus olhos estavam ardendo por causa da água salgada, e minha pele estava arranhada de tanto rolar na areia, como se eu tivesse usado o esfoliante da minha mãe no corpo inteiro. Era ótimo.

Voltamos cambaleando para nossas toalhas. Eu adorava ficar dentro d'água até sentir frio e então correr de volta para a areia e deixar o sol me aquecer. Podia fazer isso o dia inteiro: mar, areia, mar, areia.

Tinha levado balas de morango, que comemos tão rápido que meus dentes doeram.

— Adoro essas balinhas — falei, pegando a última.

Cam tirou o doce da minha mão.

— Eu também, e você já comeu três. Eu só comi duas — protestou, desembrulhando o doce.

Ele riu e balançou a bala na frente da minha boca.

— Você tem três segundos pra largar isso — adverti. — Não estou nem aí se você comeu só duas e eu comi vinte. A casa é minha.

Cam riu e enfiou a bala na boca.

— Não é sua. É da Susannah — retrucou, de boca cheia.

— Você não sabe de nada. A casa é de *todos nós* — respondi, me deitando de costas na toalha.

De repente, senti muita sede. Era culpa das balas de morango. Ainda mais depois de comer três em menos de três minutos. Estreitando os olhos para ele, pedi:

— Você pode ir até a *minha* casa e me trazer um refresco? Por favorzinho?

— Não conheço ninguém que consuma mais açúcar em um único dia do que você — comentou Cam, balançando a cabeça, decepcionado. — Açúcar branco é um veneno.

— Ah, falou o cara que acabou de comer minha última bala — retruquei.

— Sou contra desperdícios — disse ele, se levantando e limpando a areia do short. — Vou trazer água, não refresco.

Mostrei a língua para ele e revirei os olhos.

— Só seja rápido — pedi.

Ele foi e não voltou. Já tinha saído havia quarenta minutos quando voltei para casa, carregando nossas toalhas, protetor solar e lixo, bufando e suando que nem um camelo no deserto. Ele estava na sala, jogando videogame com os meninos. Estavam todos de roupa de banho, que era basicamente o que usávamos o verão inteiro.

— Obrigada por se esquecer de voltar com meu refresco — falei, jogando a sacola de praia no chão.

Cam tirou os olhos do jogo e me encarou, culpado.

— Ops! Foi mal. Os meninos me chamaram pra jogar, aí... — Ele nem conseguiu terminar.

— Não se desculpa — advertiu Conrad.

— Isso aí, você é escravo dela, por acaso? Agora ela manda você levar e trazer refresco? — perguntou Jeremiah, apertando o controle com o polegar.

Ele se virou e sorriu para mim, para mostrar que estava brincando, mas eu continuei de cara fechada.

Conrad não disse nada, mas senti que ele estava me olhando. Desejei que parasse.

Por que, mesmo com um amigo só meu, eu me sentia excluída do clube? Não era justo. Assim como não era justo que Cam concordasse em fazer parte daquilo. O dia tinha sido tão bom...

— Cadê minha mãe e a Susannah?

— Saíram pra algum lugar — respondeu Jeremiah, sem muita convicção. — Talvez tenham ido fazer compras?

Minha mãe detestava fazer compras. Devia ter ido arrastada.

Fui para a cozinha buscar meu refresco, e Conrad foi atrás. Não precisei nem me virar para saber que era ele.

Não dei confiança, só enchi um copo grande e fingi que ele não estava parado ali, me observando.

— Vai me ignorar? — perguntou, por fim.

— Não. O que você quer?

Ele suspirou e se aproximou.

— Por que você tem que ser assim? — Então se inclinou para a frente, chegando mais perto. Perto demais — Posso tomar um pouco?

Coloquei o copo na bancada e comecei a me afastar, mas ele segurou meu pulso. Quase engasguei.

— Qual é, Bells...

A mão dele estava gelada, como sempre. De repente me senti quente, como se estivesse com febre. Puxei a mão.

— Me deixa em paz.

— Por que está chateada comigo?

Ele parecia confuso e ao mesmo tempo nervoso. Porque, para Conrad, as duas coisas estavam conectadas: se estivesse confuso, ficaria nervoso. Só que ele quase nunca ficava confuso, então quase nunca ficava nervoso. Bom, eu pelo menos nunca havia causado nenhuma espécie de nervosismo nele. Eu não significava nada para ele. Nunca tinha significado.

— Você se importa mesmo?

Senti as batidas aceleradas do meu coração. Estava irritada, estranha, esperando pela resposta dele.

— Sim.

Conrad parecia surpreso, como se também não conseguisse acreditar que se importava comigo.

Eu não sabia muito bem qual era o problema. Acho que era principalmente os sentimentos conflitantes que ele provocava em mim.

Uma hora era legal comigo, mas, no instante seguinte, agia com indiferença. Ele me fazia lembrar de coisas que eu não queria lembrar, pelo menos não naquele momento. Tudo estava indo muito bem com Cam, mas, sempre que eu decidia que era dele que eu gostava, Conrad me olhava de um certo jeito, ou me tirava para dançar, ou me chamava de Bells, e aí estragava tudo.

— Ah, por que você não vai fumar um cigarro? — perguntei.

Ele cerrou o maxilar e retrucou:

— Certo.

Senti uma mistura de culpa e satisfação por finalmente ter conseguido atingi-lo. Então ele disparou:

— Por que você não vai se olhar no espelho um pouco mais?

Ele pegou pesado. Era mortificante ver alguém jogando suas fraquezas na sua cara. Será que ele havia me visto me olhando no espelho, me admirando? Será que alguém pensava que eu tinha me tornado vaidosa e fútil?

Comprimi os lábios e me afastei, balançando a cabeça.

— Belly... — começou Con.

Ele estava arrependido. Dava para ver.

Voltei para a sala e o deixei lá, parado. Cam e Jeremiah me olharam como se soubessem que alguma coisa acontecera. Será que tinham ouvido? Que diferença fazia?

— Fico com a de fora — anunciei.

Fiquei me perguntando se era daquele jeito que as paixões antigas morriam — um suspiro de agonia, até que, de repente, nada.

32

CAM VEIO NOS VISITAR DE NOVO E FICOU ATÉ TARDE. POR VOLTA DE meia-noite, chamei-o para andar na praia. Ele topou, e passeamos de mãos dadas. O mar parecia prateado, infinito, como se tivesse um milhão de anos. E tinha mesmo, afinal.

— Verdade ou consequência? — perguntou ele.

Eu não estava a fim de grandes verdades. Do nada, uma ideia surgiu na minha cabeça: eu queria nadar nua. Com Cam. Era o que os adolescentes faziam na praia, assim como no drive-in. Se nadássemos sem roupa, seria uma prova de que eu estava mesmo ficando mais velha.

Então sugeri:

— Cam, vamos brincar de "O que você prefere"? Você prefere nadar nu agora ou...

Não consegui pensar em nenhuma alternativa.

— A primeira opção, a primeira opção — respondeu ele, rindo.

— Ou as duas, qualquer que seja a segunda opção.

De repente me senti tonta, como se estivesse bêbada. Corri para a água, jogando o moletom na areia. Eu estava de biquíni por baixo da roupa.

— Aqui vão as regras! — gritei, desabotoando o short. — Você não pode ficar pelado até entrarmos de vez na água! E não pode espiar!

— Ei! Espere aí! — protestou ele, correndo atrás de mim, espalhando areia por todo lado. — Vamos mesmo fazer isso?

— Vamos, ué. Você não quer?

— Quero, mas e se sua mãe nos vir?

Cam olhou para a casa.

— Ela não vai nos ver. Não dá pra ver nada lá da casa, está superescuro.

Ele olhou para mim, então olhou de volta para a casa.

— Melhor fazer isso outra hora... — começou, meio na dúvida.

Eu o encarei. Não era ele que deveria tentar me convencer a fazer aquilo?

— Está falando sério?

Na verdade, o que eu queria perguntar era: "Você não está a fim de mim?"

— Estou. Ainda é cedo. E se as pessoas estiverem acordadas? — Ele pegou meu moletom e me entregou. — Mais tarde a gente volta aqui.

Eu sabia que não voltaríamos.

Uma parte de mim estava irritada e a outra estava aliviada. Era como preparar um sanduíche de banana com manteiga de amendoim e, depois de duas mordidas, perceber que não era o que você queria.

Arranquei o moletom da mão dele.

— Não precisa me fazer nenhum favor, Cam.

Eu me afastei o mais rápido que pude, erguendo um rastro de areia. Achei que ele iria atrás de mim, mas não foi o que aconteceu. Não olhei para trás para ver o que ele estava fazendo. Devia estar sentado na areia escrevendo um daqueles poemas estúpidos à luz da lua.

Entrei em casa e fui direto para a cozinha. Conrad estava sentado à mesa, comendo melancia.

— Cadê o Cam Cameron? — perguntou.

Tive que parar para ver se ele estava sendo gentil ou de deboche. A expressão parecia normal e calma, então deduzi que era um pouco de cada. Se ele ia fingir que nossa briga não tinha acontecido, então seríamos dois.

— Quem sabe? — perguntei, abrindo a geladeira, examinando o que tinha lá dentro e pegando um iogurte. — Quem se importa?

— Os namoradinhos brigaram?

Fiquei morrendo de vontade de dar um tapa naquela cara presunçosa dele.

— Que tal cuidar da sua vida?

Eu me sentei ao lado dele, com uma colher e um pote do iogurte desnatado da Susannah, que parecia meio aguado. Fechei a tampinha metálica e o deixei de lado.

Conrad empurrou um pedaço de melancia para mim.

— Você não pode ser tão exigente com as pessoas, Belly. — Então se levantou, dizendo: — E devia botar o short.

Peguei um pedaço de melancia e fiz careta para as costas dele. Por que Conrad sempre fazia com que eu me sentisse uma menininha de treze anos? Na minha cabeça, só ouvia minha mãe dizendo: "Ninguém pode fazer você se sentir mal, Belly. Não sem a sua permissão. Foi Eleanor Roosevelt quem disse isso. Quase coloquei o nome dela em você." E um monte de blá-blá-blá. Mas era verdade.

Não ia mais permitir que Conrad me deixasse mal. Só queria que meu cabelo estivesse molhado, ou que minhas roupas estivessem sujas de areia, aí ele pensaria que Cam e eu tínhamos feito alguma coisa, mesmo que não tivesse sido o caso.

Comi quase metade da melancia. Estava esperando Cam voltar, mas, como ele não voltou, fiquei ainda mais irritada. Pensei em trancar a porta e deixá-lo preso do lado de fora. Cam devia ter encontrado algum morador de rua e se tornado melhor amigo dele, e contaria a história de vida do homem no dia seguinte. Não que houvesse algum morador de rua naquela nossa parte da praia. Não que eu já tivesse visto um morador de rua naquela cidade, para falar a verdade. Mas, se houvesse algum, Cam estaria conversando com ele.

Só que Cam não voltou. Ele foi embora. Ouvi quando ligou o carro e fiquei assistindo do corredor enquanto ele dava a ré para sair da garagem. Queria correr atrás dele e gritar de raiva. Ele devia ter voltado. E se eu tivesse estragado tudo e ele não gostasse mais de mim? E se eu nunca mais o visse?

Fiquei deitada na cama, pensando que os romances de verão realmente começam e acabam rápido demais.

Na manhã seguinte, quando saí para o deque para comer minha torrada, encontrei uma garrafa de água mineral na escada que levava à praia. Era da marca que Cam sempre bebia. Dentro da garrafa havia um pedaço de papel, um bilhete. Uma mensagem em uma garrafa. Estava meio borrada, mas dava para ler o que estava escrito: "Vale um mergulho sem roupa."

33

Jeremiah disse que eu poderia usar a piscina do clube, já que ele era salva-vidas. Nunca tinha entrado naquela piscina, que era enorme e chique, então aceitei o convite. O clube parecia um lugar misterioso. No ano anterior, Conrad nos proibira de ir até lá, dizendo que ficaria constrangido com nossa presença.

Fui de bicicleta, no meio da tarde. Tudo no lugar era verde e exuberante, porque ao redor do clube havia um campo de golfe. Encontrei uma garota na porta com uma prancheta. Disse que estava lá para ver Jeremiah, e ela me deixou entrar.

Avistei meu amigo antes de ele me ver. Ele estava sentado na cadeira alta, conversando com uma garota de cabelo escuro e biquíni branco. Estava rindo, e ela também. Jeremiah parecia muito importante sentado naquela cadeira. Eu nunca o vira trabalhando de verdade.

Fiquei com vergonha e comecei a andar bem devagar, os chinelos estalando no chão.

— Oi — cumprimentei, a poucos passos deles.

Jeremiah olhou para baixo, lá do alto da cadeira, e sorriu para mim.

— Você veio! — exclamou, com uma piscadela, protegendo os olhos com as mãos como se fossem uma viseira.

— Vim.

Balancei a bolsa de lona para a frente e para trás, como um pêndulo. A bolsa tinha meu nome bordado em letra cursiva, um presente da Susannah.

— Belly, essa é a Yolie. Yolie também é salva-vidas.

Yolie apertou minha mão. Achei mais uma saudação de quem trabalha no mundo dos negócios do que um cumprimento de quem está usando biquíni. A menina tinha um aperto de mão firme, agradável; minha mãe aprovaria.

— Oi, Belly! Ouvi muito sobre você.

— Sério?

Olhei para Jeremiah.

Ele sorriu.

— Sim. Contei pra ela que você ronca tão alto que dá pra ouvir do outro lado do corredor.

Dei um tapinha no pé dele.

— Cala a boca! — Então me virei para Yolie. — É um prazer.

A menina sorriu para mim. Tinha covinhas nas bochechas e um dentinho torto na parte de baixo.

— O prazer é todo meu. Jere, quer tirar sua hora de descanso?

— Daqui a pouco. Belly, vai lá estragar sua pele no sol.

Mostrei a língua para ele e estendi a toalha em uma cadeira não muito longe. A água da piscina era de um azul-turquesa perfeito, e havia duas pranchas de mergulho, uma alta e outra mais baixa. Vi um milhão de crianças brincando na água e decidi que também ia nadar, depois que ficasse com o corpo bem quente do sol. Eu me deitei de óculos escuros, com os olhos fechados, pronta para me bronzear e ouvir música.

Depois de um tempo, Jeremiah se aproximou e se sentou na ponta da minha espreguiçadeira, tomando um gole da minha garrafinha térmica com refresco.

— Ela é bonita — comentei.

— Quem? Yolie? — Ele deu de ombros. — Ela é legal. Uma das minhas muitas admiradoras.

— Rá!

— E você? Cam Cameron, hein? Cam, o vegetariano. Cam, o careta.

Tentei não sorrir.

— O que é que tem? Eu gosto dele.

— Ele parece meio idiota.

O VERÃO QUE MUDOU MINHA VIDA

— É disso que eu gosto nele. Ele é... diferente.

Ele franziu um pouco a testa.

— Diferente de quem?

— Não sei.

Mas eu sabia. Eu sabia exatamente quem ele *não* era.

— Você quer dizer que ele não é um babaca que nem o Conrad?

Eu ri, e Jeremiah também.

— Isso, exatamente. Ele é legal.

— Só legal?

— Mais que legal.

— Então você não gosta mais dele? De verdade?

Ambos sabíamos de quem ele estava falando.

— Não — respondi.

— Não acredito.

Jeremiah estreitou os olhos, me examinando com atenção, como fazia quando tentava adivinhar minhas cartas no Uno.

Tirei os óculos escuros e olhei bem nos olhos dele.

— É verdade. Não penso mais nele.

— Vamos ver — retrucou Jeremiah, se levantando. — Meu horário de descanso acabou. Tudo bem aí? Se esperar meu turno acabar, eu levo você pra casa. Dá pra levar a bicicleta no carro.

Fiz que sim com a cabeça e fiquei olhando enquanto ele voltava para a cadeira de salva-vidas. Jeremiah era um bom amigo. Sempre tinha sido legal comigo, sempre cuidara de mim.

34

Minha mãe e Susannah se sentaram nas espreguiçadeiras, e eu me deitei em uma antiga toalha de praia com estampa de ursinhos da Ralph Lauren. Era minha toalha favorita, porque era bem comprida e tinha sido amaciada com as lavagens.

— O que você vai fazer hoje à noite, meu chuchuzinho? — perguntou minha mãe.

Adorava quando ela me chamava de chuchuzinho. Lembrava quando eu tinha seis anos e dormia na cama dela.

— Eu e Cam vamos sair pra jogar minigolfe — anunciei, toda orgulhosa.

Sempre íamos jogar quando erámos crianças. O Sr. Fisher nos levava, sempre estimulando a competitividade entre os garotos. "O primeiro que conseguir acertar um buraco ganha vinte dólares." "Mais vinte dólares para o vencedor." Steven adorava aquele tipo de coisa.

Acho que no fundo ele queria que o Sr. Fisher fosse nosso pai. E ele bem que poderia ter sido. Susannah contou que minha mãe e ele namoraram, mas minha mãe abriu mão dele pela Susannah, porque percebeu que os dois eram perfeitos juntos.

O Sr. Fisher me deixava participar dos torneios de minigolfe, mas nunca esperou que eu ganhasse. E eu nunca ganhei mesmo.

Eu odiava minigolfe. Odiava aqueles tacos pequenos e a grama falsa. Era tudo irritantemente perfeito. Mais ou menos como o Sr. Fisher.

Conrad queria desesperadamente ser como ele, e eu torcia para que ele nunca conseguisse. Digo, que nunca conseguisse ser igual ao pai.

Da última vez que fui ao minigolfe, eu tinha treze anos. Foi quando veio minha primeira menstruação. Eu estava de short jeans branco, e Steven ficou assustado. Ele achou que eu tinha me cortado — por um segundo, eu também achei. Depois de ficar menstruada na quarta tacada, nunca mais voltei. Nem quando os meninos me chamavam. Por isso, voltar lá com Cam era como me apropriar do minigolfe de novo, como voltar a ter treze anos. O passeio tinha sido ideia minha.

— Você pode voltar cedo? Eu queria que a gente passasse um tempinho juntas, ver um filme, talvez — pediu minha mãe.

— Cedo que horas? Vocês vão dormir às nove!

Minha mãe tirou os óculos e me encarou. O nariz dela estava com aquelas duas marquinhas no lugar onde a borrachinha dos óculos ficava.

— Queria que você ficasse um pouco mais em casa.

— Eu estou em casa agora — lembrei.

Ela fingiu que não tinha ouvido.

— Você está passando tempo demais com esse...

— Você disse que tinha gostado dele!

Olhei para Susannah em busca de apoio, e ela retribuiu meu olhar com simpatia.

Minha mãe suspirou, e Susannah interferiu, dizendo:

— Nós gostamos do Cam. Só estamos sentindo sua falta, Belly. Aceitamos totalmente o fato de você ter sua própria vida. — Ela ajeitou o grande chapéu de palha na cabeça e deu uma piscadinha para mim. — Só queríamos que você nos incluísse nela de vez em quando.

Fiz um esforço para sorrir.

— Ok — falei, voltando a me deitar na toalha. — Vou voltar cedo. Vamos ver um filme.

— Combinado — disse minha mãe.

Fechei os olhos e coloquei os fones de ouvido. Talvez ela tivesse razão. Eu estava passando tempo demais com Cam. Talvez ela sentisse minha falta. Acontece que ela não podia simplesmente presumir que eu passaria todas as noites em casa, como em todos os outros verões. Eu tinha quase dezesseis anos, não era mais criança. Minha mãe precisava aceitar que eu não seria o chuchuzinho dela para sempre.

Elas acharam que eu estava dormindo e começaram a falar. Mas eu não estava. Mesmo com a música, dava para ouvir a conversa.

— Conrad só tem feito merda — comentou minha mãe, em voz baixa. — Ele deixou uma porção de garrafas de cerveja no deque esta manhã pra eu limpar. Esse menino está fora de controle.

Susannah suspirou.

— Acho que ele sabe de alguma coisa. Já faz meses que vem se comportando assim. Ele é tão sensível, sei que vai sofrer muito quando descobrir.

— Não acha que está na hora de contar?

Sempre que minha mãe perguntava se alguém "não achava" alguma coisa, o que ela realmente queria dizer era "eu acho, e você também deveria achar".

— Eu conto no fim do verão. Ainda está muito cedo.

— Beck… — começou minha mãe. — Acho que já passou da hora.

— Eu vou saber quando a hora chegar — encerrou Susannah. — Não me pressiona, Lau.

Eu sabia que não havia nada que minha mãe pudesse dizer que a fizesse mudar de ideia. Susannah era gentil, mas podia ser decidida e teimosa como uma mula. Por baixo de toda aquela delicadeza, ela era feita de aço.

Queria dizer que tanto Conrad quanto Jeremiah já sabiam, mas não pude. Não seria correto. Não cabia a mim contar.

Susannah queria que o verão fosse perfeito para eles, como quando ela e o Sr. Fisher ainda estavam juntos e tudo era como sempre tinha sido. Minha vontade era dizer que esse tipo de verão não existia mais.

35

QUASE NO FIM DA TARDE, CAM CHEGOU PARA ME LEVAR AO MINIGOLFE. Esperei por ele no portão e entrei correndo no carro assim que ele avançou pela entrada da garagem. Em vez de ir para o lugar do passageiro, fui direto para o banco do motorista.

— Posso dirigir? — perguntei.

Eu sabia que ele ia deixar.

Cam balançou a cabeça e disse, seco:

— E alguém consegue dizer não a você?

Dei uma piscadinha sedutora, com aquele meu olhar pidão.

— Ninguém nunca disse — respondi, mesmo que não fosse nem de longe a verdade.

Abri a porta do carona, e ele entrou. Saindo da garagem, avisei a ele:

— Tenho que voltar cedo hoje.

— Tudo bem. — Ele pigarreou. — E... hum... poderia diminuir um pouco a velocidade? O limite nesta rua é sessenta por hora.

Ele ficava me olhando e sorrindo enquanto eu dirigia.

— O que foi? Por que você está rindo? — perguntei.

Fiquei com vontade de cobrir o rosto com a camiseta.

— Seu nariz não é pontudo, como os outros. Parece o nariz de um coelhinho.

Ele esticou a mão e encostou na ponta do meu nariz. Afastei a mão dele com um tapa.

— Detesto meu nariz — confessei.

Cam pareceu perplexo.

— Por quê? Seu nariz é tão bonitinho. São as imperfeições que tornam as coisas bonitas.

Fiquei pensando se isso significava que ele me achava bonita. Será que era por isso que ele gostava de mim? Por causa das minhas imperfeições?

Acabamos demorando mais que o planejado. As pessoas na nossa frente levavam um século em cada buraco. Eram um casal, e eles paravam toda hora para se beijar. Era irritante. Queria dizer que o minigolfe não era lugar para ficarem se agarrando, que para isso existia o drive-in. Depois, Cam ficou com fome, então paramos para comer mariscos fritos. Já tinha passado das dez da noite, e eu sabia que minha mãe e Susannah já teriam ido dormir.

Cam deixou que eu dirigisse até em casa. Não precisei pedir, ele simplesmente me entregou as chaves. Na entrada da garagem, quando chegamos, desliguei o motor. Todas as luzes da casa estavam apagadas, menos a do quarto do Conrad.

— Não quero entrar — falei para Cam.

— Achei que você tivesse que voltar cedo.

— Eu tinha. Eu tenho. Só que ainda não estou pronta pra entrar.

Liguei o rádio, e ficamos uns cinco minutos sentados ouvindo música.

Cam pigarreou e perguntou:

— Posso beijar você?

Queria que ele não tivesse perguntado. Queria que ele simplesmente tivesse me beijado. O fato de ele perguntar tornava tudo meio estranho, como se eu fosse obrigada a dizer que sim. Quase revirei os olhos, mas, em vez disso, falei:

— Hum, pode. Mas da próxima vez não precisa perguntar. É estranho. Melhor beijar de uma vez.

Mas eu me arrependi de dizer isso assim que vi a expressão no rosto dele.

— Deixa pra lá — retrucou ele, corando. — Faz de conta que eu não falei nada.

— Cam, descul...

Ele se inclinou para a frente e me beijou antes que eu pudesse terminar a frase. A barba dele estava começando a crescer, e meio que arranhava, mas era bom.

— Tudo bem? — perguntou Cam, no fim do beijo.

— Tudo bem — respondi, sorrindo. Soltei o cinto de segurança. — Boa noite.

Saí do carro, e ele deu a volta para se sentar no banco do motorista. Nós nos abraçamos, e percebi que estava desejando que Conrad estivesse vendo aquilo. Mesmo que não tivesse importância, mesmo que eu nem gostasse mais dele. Só queria que ele soubesse que eu não gostava mais dele, de verdade. Que ele visse isso com os próprios olhos.

Corri para a porta da frente e não precisei me virar para saber que Cam estava esperando que eu entrasse em casa para sair com o carro.

Minha mãe não disse nada no dia seguinte, mas não precisou. Ela sabia muito bem como fazer eu me sentir culpada sem precisar dizer uma palavra.

36

MEU ANIVERSÁRIO SEMPRE MARCOU O INÍCIO DO FIM DO VERÃO; ERA a última felicidade do período. E nesse verão eu estava fazendo dezesseis anos. Chegar a essa idade supostamente deveria ser algo especial, um grande acontecimento. Taylor tinha alugado um salão de festas, chamado um primo para ser DJ e convidado a escola inteira para a festa dela. Ela passara anos planejando tudo, nos mínimos detalhes. Já os meus aniversários na praia eram sempre iguais: um bolo, presentes bobos dos garotos, e eu espremida no sofá, entre Susannah e minha mãe, enquanto folheávamos velhos álbuns de fotografia. Todos os meus aniversários tinham sido naquela casa. Tem fotos da minha mãe, grávida, sentada no portão com um copo de chá gelado e um chapéu de abas largas, comigo ainda na barriga. Tem fotos de nós quatro — eu, Conrad, Steven e Jeremiah — correndo na praia, eu peladinha, usando chapeuzinho de aniversário, correndo atrás deles. Minha mãe só me fez usar maiô depois dos quatro anos. Ela sempre me deixava livre.

Eu não esperava que esse aniversário fosse diferente, o que era reconfortante e até um pouco deprimente. A única diferença era que Steven não estaria conosco. Seria meu primeiro aniversário sem meu irmão tentando me empurrar para apagar as velas na minha frente.

Eu já sabia o que ia ganhar de presente dos meus pais: o carro velho do Steven. Eles tinham até ajeitado o carro, pintado e tudo mais. Quando as aulas começassem, eu tiraria minha carteira de motorista, e em pouco tempo não precisaria mais pedir carona a ninguém.

Sempre me perguntava se alguém na minha cidade se lembrava do meu aniversário. Taylor sempre lembrava e me ligava todo ano exatamente às nove e dois da manhã, cantando parabéns. Era muito legal, mas o problema de fazer aniversário no verão era que eu nunca conseguia dar uma festa e convidar todos os amigos da escola. Ninguém colocava balões no meu armário do colégio nem nada do tipo. Eu nunca tinha me importado muito, mas naquele ano me importei um pouco.

Minha mãe disse que eu poderia chamar o Cam, mas não o convidei. Nem tinha contado para ele que era meu aniversário, não queria que ele achasse que precisava fazer alguma coisa. Mas também era mais que isso. Eu achava que, se aquele aniversário seria como todos os outros, eu também tinha que ser a mesma dos outros anos. Seríamos só nós: minha família de verão.

Quando acordei naquela manhã, a casa cheirava a manteiga e açúcar. Susannah tinha feito um bolo de três camadas. Era cor-de-rosa, com borda branca. Ela escreveu FELIZ ANIVERSÁRIO, BELLS em glacê branco. Tinha velas que acendiam tipo estrelinhas em cima, e elas chiaram e brilharam como vaga-lumes loucos. Ela e minha mãe começaram a cantar parabéns, e Susannah gesticulou para que Conrad e Jeremiah cantassem também. Os dois obedeceram, mas cantaram desafinados de propósito.

— Faça um pedido, Belly — pediu minha mãe.

Eu ainda estava de pijama. Não conseguia parar de sorrir.

Tinha pedido a mesma coisa nos meus últimos quatro aniversários, mas não naquele ano. Naquele ano eu ia fazer um pedido diferente. Fiquei olhando as chamas das velas diminuírem, então fechei os olhos e soprei.

— Abra meu presente primeiro — ordenou Susannah, colocando uma caixinha embrulhada em papel rosa nas minhas mãos.

Minha mãe olhou para ela, curiosa:

— O que você comprou, Beck?

Susannah deu um sorrisinho misterioso e apertou minha mão.

— Abra, querida.

Rasguei o papel e abri a caixinha. Era um colar de pérolas, uma fileira de pequeninas pérolas cor de creme, com fecho de ouro relu-

186   *Jenny Han*

zente. Parecia antigo, não algo que pudesse ser comprado em uma loja. Era como o relógio suíço do meu avô, lindamente trabalhado, até o fecho. Era a coisa mais bonita que eu já tinha visto na vida.

— Ai, meu Deus… — murmurei, soltando um suspiro e segurando o colar.

Olhei para Susannah, que estava radiante, e então para minha mãe, que com certeza achava aquilo uma extravagância, mas não disse nada. Minha mãe apenas sorriu e perguntou:

— Esse é...?

— É. — Susannah se virou para mim e explicou: — Meu pai me deu esse colar no meu aniversário de dezesseis anos. Quero que você fique com ele.

— Sério? — Olhei de novo para a minha mãe, para ter certeza de que poderia aceitar. Ela assentiu. — Nossa, obrigada, Susannah! É lindo.

Ela pegou o colar da minha mão e o colocou no meu pescoço. Eu nunca tinha usado um colar de pérolas, e não conseguia parar de tocá-las.

Susannah bateu palmas. Ela não gostava de demorar muito entre um presente e outro.

— E quem é o próximo? Jeremiah? Con?

Conrad se remexeu, desconfortável.

— Eu esqueci de comprar presente. Desculpa, Belly.

Pisquei, atônita. Ele nunca tinha esquecido meu aniversário.

— Tudo bem — falei, mas não conseguia nem olhar para ele.

— Abra o meu! — disse Jeremiah. — Se bem que, depois desse, o meu vai parecer bobagem. Valeu mesmo, mãe.

Ele me entregou uma caixinha e se recostou de volta na cadeira.

Sacudi a caixa.

— Muito bem, o que vai ser? Um cocô de plástico? Um chaveiro em formato de placa de carro?

Ele sorriu.

— Você vai ver. Yolie me ajudou a escolher.

O VERÃO QUE MUDOU MINHA VIDA

— Quem é Yolie? — perguntou Susannah.

— Uma garota que está apaixonada pelo Jeremiah — respondi, abrindo a caixa.

Dentro da caixa, aninhado em uma cama de algodão, havia um pequeno pingente. Uma minúscula chavinha de prata.

37

Onze anos

— Feliz aniversário, boboca — cantarolou Steven, jogando um balde de areia no meu colo.

Um caranguejinho saiu da areia e subiu pela minha perna. Dei um pulo, aos berros, e persegui Steven pela praia, sentindo a raiva pulsando nas veias. Não consegui ser rápida o bastante para pegá-lo. Eu nunca conseguia. Ele ficou correndo em círculos ao meu redor.

Quando Steven voltou para sua toalha, pulei nas costas dele, passando o braço em volta de seu pescoço e puxando seu cabelo para trás o mais forte que pude.

— Ai! — gritou ele.

Eu me agarrei às costas dele como se fosse um macaco, mesmo com Jeremiah puxando meu pé e tentando me fazer soltá-lo. Conrad caiu de joelhos de tanto rir.

— Crianças! — chamou Susannah. — Tem bolo!

Pulei das costas de Steven e disparei até ela.

— Vou pegar você! — gritou ele, correndo atrás de mim, mas eu me escondi atrás da minha mãe.

— Você não pode fazer isso. É meu aniversário.

Dei a língua para ele. Os meninos se jogaram na canga, molhados e cheios de areia.

— Mãe — reclamou Steven —, ela arrancou um tufo do meu cabelo.

— Ah, não se preocupe muito, Steven. Sua cabeça ainda está cheia deles.

Minha mãe acendeu as velas do bolo que ela havia feito naquela tarde. Era um bolo pronto de caixinha com cobertura de chocolate.

A letra da minha mãe era muito feia, então o FELIZ ANIVERSÁRIO que ela tentara escrever parecia mais FEÇIZ ANIVERSAURO.

Soprei as velas antes que Steven tentasse "me ajudar". Não queria que ele roubasse meu desejo — e meu desejo era Conrad, claro.

— Abre logo seus presentes, fedorenta — disse Steven, muito sério.

Eu já sabia o que ele tinha comprado: um desodorante. Estava embrulhado em um lenço de papel meio transparente, então dava para ver.

Eu o ignorei e peguei uma caixinha achatada embrulhada com um papel estampado com conchas. Era o presente da Susannah, então eu sabia que seria coisa boa. Era uma pulseira de prata de uma loja que ela adorava, que vendia porcelana chique e pratinhos de cristal. Na pulseira havia cinco pingentes: uma concha, um maiô, um castelo de areia, um par de óculos escuros e uma ferradura.

— Porque temos muita sorte de ter você em nossas vidas — explicou ela, apontando para a ferradura.

Peguei a pulseira; os pingentes brilharam à luz do sol.

— Eu amei.

Minha mãe ficou quieta. Eu sabia o que ela estava pensando: que Susannah havia exagerado, que tinha gastado dinheiro demais naquilo. Eu me senti culpada por ter gostado tanto da pulseira. Minha mãe havia comprado algumas partituras e uns CDs, porque não tínhamos tanto dinheiro quanto eles — naquele momento eu finalmente entendi o que aquilo significava.

38

— Eu amei — falei, correndo para o quarto e indo direto até a caixinha de música em cima da cômoda, onde eu guardava a pulseira com os pingentes. Peguei a pulseira e voltei para o andar de baixo.

— Viu só? — insisti, colocando o pingente de chave na pulseira e fechando-a no pulso.

— É uma chave porque logo, logo você vai poder dirigir, entendeu? — explicou Jeremiah, recostando na cadeira e entrelaçando as mãos atrás da cabeça.

Sorri para ele, mostrando que eu tinha entendido.

Conrad se inclinou para olhar mais de perto e comentou:

— Legal.

Apoiei o pingente na palma da outra mão. Não conseguia parar de olhar para o presente.

— Eu amei — repeti. — Mas deve ter sido muito caro.

— Economizei o verão todo pra conseguir comprar — explicou Jeremiah, em um tom muito solene.

Eu o encarei.

— Mentira!

Ele abriu um sorriso.

— Claro que não! Você é sempre muito ingênua, né?

Dei um soquinho no braço dele, retrucando:

— Eu não tinha acreditado em você, seu bobo.

Mas, por um segundo, eu tinha, sim, acreditado.

Jeremiah esfregou o braço.

— Não foi tão caro assim. E eu agora estou bem de vida, lembra? Mas que bom que você gostou. Yolie falou que você ia adorar.

Dei um abraço apertado nele.

— É perfeito.

— Que presente maravilhoso, Jere! — elogiou Susannah. — Com certeza melhor do que meu colar velho.

Ele riu.

— Sei, sei — disse, mas dava para ver que ele tinha gostado do comentário.

Minha mãe levantou e foi partir o bolo. Ela não era boa naquilo, e os pedaços ficaram grandes demais, desmoronando nas laterais.

— Quem quer bolo? — perguntou, lambendo o dedo.

— Não estou com fome — respondeu Conrad, abruptamente. Ele se levantou, olhando o relógio. — Tenho que me arrumar para o trabalho. Feliz aniversário, Belly.

Ele subiu a escada, e ninguém disse nada por um tempo. Então minha mãe gritou, bem alto, colocando um prato na frente da Susannah:

— Nossa, mas este bolo está uma delícia! Coma um pedaço, Beck!

Susannah sorriu sem graça e disse:

— Também não estou com fome. Sabe como dizem: quem cozinha não tem vontade de comer o que faz. Mas comam vocês.

Comi um pedaço grande.

— Hum… Bolo de baunilha. Meu preferido.

— E não é de caixinha! — acrescentou minha mãe.

39

Conrad convidou Nicole, a menina do boné do Red Sox, para ir à casa de praia. À nossa casa. Eu não consegui acreditar que a tal garota estava ali, na minha frente. Era muito estranho ter outra menina em casa além de mim.

Lá pelo meio da tarde, eu estava no deque, sentada à mesa de piquenique, comendo Doritos, quando eles chegaram. A menina usava short curto e camiseta branca, com óculos escuros no topo da cabeça. Não havia sinal do boné do Red Sox. Ela parecia chique, parecia pertencer àquele lugar. Diferente de mim, que estava vestida com uma camiseta velha que servia de camisola. Achei que Conrad pelo menos fosse entrar com ela em casa, mas os dois ficaram no outro lado do deque, deitados nas espreguiçadeiras. Eu não conseguia ouvir o que falavam, mas podia escutar as risadas histéricas.

Depois de uns cinco minutos, não aguentei. Peguei o telefone e liguei para Cam, que disse que chegaria em meia hora, mas não demorou nem quinze minutos.

Eles entraram em casa quando eu e Cam estávamos decidindo a que filme assistir.

— O que vocês vão ver? — perguntou Conrad, sentando-se no sofá em frente ao nosso.

A garota do boné se sentou ao lado dele. Praticamente no colo.

Não olhei para ele ao responder:

— *Nós dois* ainda estamos resolvendo — respondi, com bastante ênfase no "nós dois".

— Podemos assistir também? — perguntou Conrad. — Vocês conhecem a Nicole, né?

Então Conrad de repente tinha decidido ser sociável, depois de passar o verão inteiro trancado no quarto?

— Oi — cumprimentou ela, parecendo entediada.

— Oi — respondi, na melhor imitação daquele tom que consegui fazer.

— Oi, Nicole — cumprimentou Cam. Fiquei com vontade de dizer para ele não ser tão amigável, mas sabia que não seria levada a sério. — Eu estava a fim de ver *Cães de Aluguel*, mas a Belly quer ver *Titanic*.

— Sério? — perguntou a garota.

Conrad riu, então comentou, debochado:

— Belly ama *Titanic*.

— Eu amava quando tinha uns nove anos — retruquei. — Para sua informação, queria ver agora pra poder rir.

Eu consegui me manter supertranquila. Não deixaria que ele me alfinetasse na frente do Cam de novo. E, para falar a verdade, eu continuava adorando *Titanic*. Como não amar um romance a bordo de um navio destinado a afundar? Eu tinha certeza de que Conrad também gostava, mesmo fingindo que não.

— Eu voto em *Cães de Aluguel* — anunciou Nicole, examinando as próprias unhas.

Desde quando a opinião dela contava? E o que ela estava fazendo ali, afinal?

— Dois votos pra *Cães de Aluguel* — anunciou Cam. — E você, Conrad?

— Acho que vou votar em *Titanic* — respondeu ele, em um tom malicioso. — *Cães de Aluguel* é tão ruim quanto *Titanic*. Muito superestimado.

Estreitei os olhos.

— Sabe de uma coisa? Acho que vou mudar meu voto para *Cães de Aluguel*. Parece que você perdeu, Conrad.

Nicole me encarou, desafiadora.

— Bom, então eu mudo meu voto para *Titanic*.

— Quem é você? — sussurrei. — Desde quando ela tem o direito de votar em alguma coisa aqui?

— Desde quando *ele* tem? — indagou Conrad, dando uma cotovelada em Cam, que pareceu assustado. — Estou brincando, cara.

— Vamos ver *Titanic* — decidiu Cam, tirando o DVD da caixinha.

Nós nos sentamos para assistir, petrificados. Todos os outros riram na parte em que Jack pega o leme e grita "Eu sou o rei do mundo". Eu fiquei em silêncio. Mais ou menos na metade do filme, Nicole falou alguma coisa no ouvido do Conrad, e os dois se levantaram.

— A gente se vê mais tarde, pessoal — anunciou Conrad.

Soltei um assobio baixinho assim que eles saíram.

— Eles são nojentos. Aposto que foram lá pra cima fazer aquilo.

— Fazer aquilo? Quem fala "fazer aquilo"? — indagou Cam, admirado.

— Cala a boca. Você não acha essa garota nojenta?

— Nojenta? Não. Acho ela bem bonitinha. Talvez só tenha exagerado no blush…

Eu ri, ainda que involuntariamente.

— Blush? O que você sabe sobre blush?

— Eu tenho uma irmã mais velha, lembra? — disse ele, abrindo um sorriso. — Ela gosta de maquiagem. E a gente divide o banheiro.

Eu não lembrava que Cam tinha irmã.

— Enfim… Ela usa mesmo blush demais. Fica laranja! E onde será que enfiou aquele boné? — refleti.

Cam pegou o controle remoto e pausou o filme.

— Por que você está tão obcecada com ela?

— Não estou obcecada! Por que estaria? Aquela garota não tem personalidade. Parece um parasita. Ela olha pro Conrad como se ele fosse Deus.

Sabia que Cam estava me julgando por ser tão má, mas eu não conseguia parar de falar.

Ele me olhou como se quisesse dizer alguma coisa, mas ficou quieto. Em vez disso, colocou o filme para rodar de novo.

Ficamos sentados no sofá, vendo o filme em silêncio. Perto do fim, ouvi a voz do Conrad na escada e, sem pensar, me aninhei perto do Cam, apoiando a cabeça no ombro dele.

Conrad e Nicole voltaram lá de cima, e ele olhou para mim e Cam por um segundo antes de dizer:

— Avisa minha mãe que fui levar a Nicole em casa.

Mal olhei para ele.

— Ok.

Assim que eles saíram, Cam se endireitou, e eu também. Ele suspirou.

— Você me chamou pra fazer ciúme nele?

— Nele quem?

— Você sabe quem. Conrad.

Senti um calor subindo pelo meu peito até chegar às bochechas.

— Não.

Parecia que todo mundo queria saber como estavam as coisas entre mim e Conrad.

— Você ainda gosta dele?

— Não.

Ele soltou o ar.

— Está vendo? Você hesitou.

— Não hesitei! — Eu tinha hesitado? Mesmo? Eu tinha certeza de que não. — Sinto até nojo quando olho pro Conrad — respondi.

Dava para ver que ele não acreditava naquilo. E eu também não. Porque a verdade era que, quando eu olhava para Conrad, tudo que eu sentia era um desejo que nunca passava. Como sempre. Eu estava diante daquele cara muito legal, que gostava de mim de verdade, e, lá no fundo, ainda gostava do Conrad. Essa era a verdade. Eu nunca o esquecera. Eu era que nem Rose, naquela balsa improvisada estúpida.

Cam pigarreou.

— Daqui a pouco você vai embora. Vai querer manter contato?

Eu não havia pensado naquilo. Ele estava certo: o verão estava quase acabando. Em pouco tempo eu estaria de volta em casa.

— Hum... Você vai querer?

— Bem, eu vou.

Ele me olhou como se esperasse alguma coisa, e por um segundo eu não consegui entender o que era. Então falei:

— Eu também. Também vou querer.

Mas eu tinha demorado demais. Cam tirou o celular do bolso e disse que era melhor ir andando. Não protestei.

40

FINALMENTE TIVEMOS NOSSA NOITE DE CINEMA. MINHA MÃE, SUSANnah, Jeremiah e eu assistimos aos filmes de Alfred Hitchcock que Susannah adorava, na sala de TV, com todas as luzes apagadas. Minha mãe fez pipoca doce e comprou chocolates, balas e caramelos. Susannah adorava caramelo. Era como nos velhos tempos, só que sem Steven e Conrad, que estava trabalhando no turno da noite.

Susannah dormiu na metade de *Interlúdio*, o filme favorito dela. Minha mãe a enrolou em um cobertor e, quando o filme acabou, sussurrou:

— Jeremiah, pode levá-la lá pra cima?

Ele fez que sim com a cabeça, e Susannah não acordou quando o filho a pegou nos braços e a carregou escada acima. Jeremiah a levantou como se ela fosse uma pluma. Eu nunca o vira fazer aquilo. Embora tivéssemos quase a mesma idade, ele me pareceu um adulto naquele momento.

Minha mãe também se levantou, se espreguiçando.

— Estou exausta. Vai dormir também, Belly?

— Ainda não. Acho que vou dar uma arrumada aqui embaixo.

— Boa garota — respondeu ela, dando uma piscadela, e subiu.

Comecei catando os papéis de caramelos e umas pipocas que tinham caído no tapete.

Jeremiah desceu quando eu estava guardando o filme na caixa. Ele afundou nas almofadas do sofá.

— Não vamos dormir ainda — pediu, olhando para mim.

— Tudo bem. Quer ver outro filme?

— Não. Vamos ver TV. — Ele pegou o controle remoto e começou a zapear entre os canais. — Por onde anda o Cam Cameron?

Eu me sentei de novo, soltando um breve suspiro.

— Não sei. Ele não me ligou, e eu não liguei pra ele. O verão está quase acabando. Acho que nunca mais vamos nos ver.

Ele não olhou para mim quando perguntou:

— E você quer? Ver o Cam outra vez?

— Não sei... Não tenho certeza. Talvez, sim. Talvez, não.

Jeremiah colocou a TV no mudo e se virou para mim.

— Acho que ele não é o cara certo pra você.

Ele estava com um olhar sombrio. Nunca tinha me olhado daquele jeito.

— É, também acho que não — admiti, baixinho.

— Belly... — começou ele.

Jeremiah respirou fundo e inflou as bochechas, então soprou tão forte que o cabelo em sua testa voou. Senti meu coração começar a martelar — algo ia acontecer. Ele ia dizer alguma coisa. Eu não queria ouvir. Ele estava prestes a mudar tudo.

Abri a boca para falar, para interrompê-lo antes que ele dissesse algo de que pudesse se arrepender, mas ele balançou a cabeça.

— Me deixa falar. — Ele respirou fundo de novo. — Você sempre foi minha melhor amiga. Mas agora é mais que isso. Eu vejo você como mais que isso — continuou, chegando mais perto. — Você é mais legal que qualquer outra garota que já conheci, e sempre esteve do meu lado. Você sempre me apoiou. Eu... Eu sei que posso contar com você. E você também pode contar comigo. Você sabe.

Assenti. Estava ouvindo enquanto ele falava, via os lábios dele se mexendo, mas minha cabeça estava a mil por hora. Era Jeremiah. Meu amigo, meu melhor amigo. Eu nem conseguia olhar para ele. Eu não o via daquela maneira. Havia só uma pessoa. E, para mim, essa pessoa era Conrad.

— E eu sei que você sempre gostou do Conrad, mas você já superou isso, certo?

Os olhos dele estavam esperançosos, e aquilo estava me matando — eu queria morrer por não poder responder o que ele queria ouvir.

O VERÃO QUE MUDOU MINHA VIDA

— Eu... Eu não sei — murmurei.

Ele prendeu a respiração, daquele jeito que fazia quando estava frustrado.

— Mas por quê? Ele não sente o mesmo por você. Não sente o que eu sinto.

Meus olhos se encheram de lágrimas, o que não era nada justo. Eu não podia chorar. Mas ele estava certo. Conrad não sentia o mesmo por mim. Eu só queria sentir pelo Jeremiah o que sentia pelo Conrad.

— Eu sei. Eu não queria gostar dele. Mas eu gosto. Ainda.

Jeremiah se afastou de mim. Ele não conseguia me encarar. Fixava os olhos em qualquer lugar, menos em mim.

— Conrad só vai magoar você — disse ele, em uma voz embargada.

— Desculpa. Por favor, não fica bravo comigo. Não vou suportar se você ficar bravo comigo.

Ele suspirou.

— Não estou bravo com você. Eu só... Por que sempre tem que ser o Conrad?

Então ele se levantou e me deixou ali sentada.

41

Doze anos

O SR. FISHER TINHA LEVADO OS GAROTOS PARA UMA DE SUAS VIAGENS de pesca submarina noturna. Jeremiah não pôde ir, porque tinha passado mal mais cedo naquele dia e Susannah o obrigou a ficar em casa. Passamos a noite no velho sofá xadrez do porão, comendo batata frita e vendo filmes.

Entre *O Exterminador do Futuro* e *O Exterminador do Futuro 2*, Jeremiah declarou, amargo:

— Ele gosta mais do Conrad do que de mim.

Eu tinha me levantado para trocar o DVD e me virei.

— Hã?

— É verdade. Eu não ligo. Ele é um idiota mesmo — continuou Jeremiah, puxando um fio no cobertor de flanela em seu colo.

Eu também o achava meio idiota, mas não falei nada. Não é certo concordar quando alguém xinga o próprio pai. Só coloquei o DVD no aparelho e voltei a me sentar. Puxei uma ponta do cobertor e disse:

— Ele não é horrível assim.

Jeremiah me encarou.

— Ele é, e você sabe disso. Con acha que ele é Deus, ou coisa do tipo. E seu irmão também.

— É porque seu pai é muito diferente do meu — falei, na defensiva. — O seu leva vocês pra pescar e jogar futebol. O meu não faz esse tipo de coisa, só gosta de jogar xadrez.

Jeremiah deu de ombros.

— Eu gosto de jogar xadrez.

Eu não sabia. Eu também gostava. Meu pai me ensinara quando eu tinha sete anos, e eu não jogava tão mal. Nunca tinha entrado para o clube de xadrez, mas até que tinha vontade, embora Taylor sempre dissesse que só gente esquisita participava.

— E o Conrad também gosta de xadrez. Ele só tenta ser o que nosso pai quer que ele seja. Acho que ele nem gosta de futebol, não como eu. Ele só é bom em futebol, porque é bom em tudo.

Pior que era verdade. Conrad *era* bom em tudo. Peguei um punhado de batatas e enchi minha boca, para não precisar falar.

— Um dia vou ser melhor que ele — anunciou Jeremiah.

Eu não conseguia ver como. Conrad era muito bom.

— Eu sei que você gosta dele — comentou Jeremiah, de repente.

Engoli as batatinhas, que de uma hora para outra ficaram com gosto de ração de coelho.

— Não, não gosto. Eu não gosto do Conrad.

— Gosta, sim. — Os olhos dele pareciam tão sábios. — Fala a verdade. Não temos segredos, lembra?

Jeremiah e eu sempre falávamos que não havia segredos entre a gente. Era uma tradição, assim como Jeremiah beber o leite que sobrava do meu cereal, essas coisas que fazíamos quando estávamos a sós.

— Não, eu não gosto dele — insisti. — Eu gosto dele como amigo. Não gosto dele desse jeito.

— Gosta, sim. Você olha pra ele como se o amasse.

Eu não podia mais aguentar aqueles olhos sabichões me encarando.

— Você só está falando isso porque tem ciúme de tudo que o Conrad faz.

— Não tenho ciúme. Eu só queria ser tão bom quanto ele — murmurou Jeremiah, então soltou um arroto e botou o filme para rodar.

Mas Jeremiah estava certo: eu amava Conrad. E sabia exatamente quando aquele sentimento se tornara mais intenso. Conrad acordara cedo para preparar um café da manhã de Dia dos Pais atrasado, mas o Sr. Fisher tinha ido embora na noite anterior e não estava lá na manhã seguinte, como esperado. Conrad cozinhou mesmo assim.

Ele estava com treze anos e era um péssimo cozinheiro, mas todos nós comemos. Enquanto eu o observava servir ovos mexidos e fingir que não estava triste, pensei comigo mesma: *Vou amar esse garoto pra sempre.*

42

ELE TINHA IDO CORRER NA PRAIA, ATIVIDADE QUE COMEÇARA A FAZER recentemente — eu sabia porque o observara da janela dois dias seguidos. Estava usando short de ginástica e uma camiseta. O suor formara um círculo bem no meio de suas costas, e fazia mais ou menos uma hora que ele havia saído. Estava voltando naquele momento.

Fui lá fora, até o portão, sem nenhum plano concreto em mente. Só sabia que o verão estava quase acabando, e em pouco tempo seria tarde demais. Nós iríamos embora, e eu nunca teria a chance de dizer. Jeremiah tinha sido sincero comigo, agora era a minha vez. Eu não poderia passar outro ano inteiro sem contar. Tinha muito medo de que algo mudasse, de que algo fizesse nosso barquinho naufragar — mas Jeremiah já havia feito isso e tínhamos sobrevivido. Ainda éramos Belly e Jeremiah.

Eu precisava fazer aquilo, precisava ir em frente, porque não fazer nada estava me matando. Não podia continuar esperando alguma coisa, esperando por alguém que podia ou não gostar de mim. Eu precisava saber. Era agora ou nunca.

Ele não me ouviu quando cheguei por trás. Estava abaixado, desamarrando o cadarço dos tênis.

— Conrad — falei. Ele não me ouviu, então repeti, mais alto:
— Conrad.

Ele ergueu os olhos, assustado. Então se levantou.

— Oi.

Pegá-lo desprevenido parecia um bom sinal. Conrad era intransponível. Talvez, se eu simplesmente começasse a falar, ele não tivesse tempo de se fechar em seu mundinho.

Umedeci os lábios e comecei. Falei a primeira coisa que veio à cabeça, as palavras que estavam no meu coração desde sempre:

— Eu te amo desde que tenho dez anos.

Ele piscou, atônito.

— Você é o único garoto em quem eu penso. Sempre foi, minha vida inteira. Você me ensinou a dançar e me trouxe de volta naquela vez que eu nadei pra longe, lembra? Você ficou do meu lado e me ajudou a voltar pra praia, e ficava o tempo todo dizendo "Estamos quase lá", e eu acreditei. Acreditei porque era você que estava dizendo, e eu sempre acreditei em tudo que você diz. Comparado com você, todo mundo parece biscoito de água e sal, até o Cam. E eu detesto biscoito de água e sal. Você sabe disso. Você sabe tudo a meu respeito, sabe até que eu te amo.

Eu esperei, parada diante dele. Não conseguia respirar. Meu coração parecia prestes a explodir. Segurei o cabelo em um rabo de cavalo e fiquei daquele jeito, esperando que ele dissesse alguma coisa. Qualquer coisa.

Ele demorou uns mil anos para falar.

— Bem, você não devia se sentir assim. Eu não sou o cara certo pra você. Desculpa.

E só. Ele não disse mais nada. Soltei o ar com força, olhando bem para ele.

— Não acredito nisso. Você também gosta de mim, eu *sei* disso.

Eu tinha visto o jeito como ele me olhava quando eu estava com Cam. Tinha visto com meus próprios olhos.

— Mas não do jeito que você queria que eu gostasse — retrucou ele, soltando um suspiro. Então continuou, em um tom meio triste, como se sentisse pena de mim: — Você é só uma criança, Belly.

— Não sou mais criança! Você queria que eu fosse, pra não ter que lidar com o que sente. Por isso passou o verão inteiro bravo comigo — falei, aumentando o tom de voz. — Você gosta de mim, sim. Admita!

O VERÃO QUE MUDOU MINHA VIDA

— Você está louca — retrucou ele, com uma risadinha, se afastando de mim.

Mas eu não ia deixar que ele se esquivasse assim tão fácil. Não daquela vez. Estava cansada de vê-lo bancar o James Dean. Ele gostava de mim. Eu sabia. Ia obrigá-lo a admitir.

Segurei a manga da camiseta dele.

— Admita. Você ficou louco quando eu comecei a sair com o Cam. Queria que eu continuasse sendo sua admiradora secreta.

— O quê? — Ele se soltou. — Se liga, Belly. O mundo não gira ao seu redor.

Minhas bochechas ficaram vermelhas, eu sentia o calor subindo pelo rosto. Era tipo uma queimadura de sol, só que um milhão de vezes mais forte.

— Ah, claro. Porque o mundo gira ao *seu* redor, não é?

— Você não faz ideia do que está falando.

A voz dele tinha um tom de aviso, mas não parei para escutar. Eu estava com muita raiva. Finalmente tinha falado o que pensava, e não dava para voltar atrás.

Olhei bem no fundo dos olhos dele. Não ia deixar que ele fugisse de mim, não naquele momento.

— Você quer me manter sempre por perto, né? Assim eu posso continuar gostando de você, e você pode se sentir bem consigo mesmo. No momento em que começo a superar, você vai e me puxa de volta. Sabe de uma coisa? Você está ferrado da cabeça. Mas estou avisando, Conrad, por mim, já deu.

— Do que você está falando?

Meu cabelo bateu no meu rosto quando eu me virei para encará-lo.

— É isso. Não sou mais nada sua. Nem amiga, nem admiradora, nada. Pra mim, chega.

Conrad comprimiu os lábios.

— O que você quer comigo? Você agora tem seu namoradinho pra se divertir, lembra?

Balancei a cabeça e me afastei.

— Não é assim — falei.

Ele tinha entendido tudo errado. Não era o que eu estava tentando fazer. Era ele quem estava me prendendo, minha vida inteira. Ele sabia como eu me sentia e tinha *me feito* amá-lo. Ele me queria.

Conrad se aproximou de mim.

— Uma hora você gosta de mim. Depois, do Cam... — Ele fez uma pausa. — E depois do Jeremiah. Não foi sempre assim? Você quer comer bolo, mas também quer cookies e sorvete...

— Cala a boca! — gritei.

— É você quem está fazendo joguinhos, Belly.

Ele tentava parecer relaxado, mas estava tenso, como se cada músculo fosse uma corda de violão esticada.

— Você tem sido um babaca o verão inteiro. Só pensa em si mesmo. Então seus pais estão se divorciando... E daí? Pais se divorciam. Isso não lhe dá o direito de tratar os outros mal.

Ele desviou o olhar, cerrando a mandíbula.

— Cala essa boca — disse ele.

Eu finalmente tinha conseguido. Ele estava encurralado.

— Susannah estava chorando outro dia por sua causa. Ela mal conseguia sair da cama! Você se importa? Tem ideia do quanto isso é egoísta?

Conrad se aproximou de mim, tão perto que nossos rostos quase se tocaram, como se estivesse prestes a me bater ou me beijar. Meu coração batia tão alto que dava para ouvir. Eu estava com tanta raiva que quase desejei que ele me batesse. Sabia que ele nunca faria isso comigo, nem em um milhão de anos. Ele me segurou pelos braços e me sacudiu, então me soltou de repente. Senti meus olhos se encherem de lágrimas, porque, por um segundo, achei que ele talvez fosse.

Me beijar.

Eu estava chorando quando Jeremiah chegou. Ele estava voltando do trabalho, o cabelo ainda molhado. Nem ouvi quando ele chegou com o carro, mas bastou uma olhada para nós dois para saber que alguma coisa estava acontecendo. Jeremiah pareceu meio assustado. Depois ficou furioso.

— O que está acontecendo aqui? Conrad, qual é o problema?

Conrad o encarou:

— Tira ela de perto de mim. Não estou a fim de lidar com nada disso.

Eu vacilei. Foi como se Conrad realmente tivesse me batido. Até pior.

Ele começou a se afastar, mas Jeremiah o segurou pelo braço.

— Você precisa começar a lidar com isso, cara. Está agindo como um babaca. Para de despejar sua raiva em cima dos outros. Deixa a Belly em paz.

Tremi. Era por mim? O mau humor do Conrad durante todo o verão, ele se trancando no quarto... Tudo aquilo era por minha causa? Não era só porque os pais dele estavam se divorciando? Ele tinha ficado tão irritado assim de me ver com outro garoto?

Conrad tentou se desvencilhar do Jeremiah.

— Por que *você* não me deixa em paz? Que tal isso?

Jeremiah não o soltou.

— Nós *deixamos* você em paz. Deixamos você em paz o verão inteiro, bêbado e emburrado como um garotinho. Você deveria ser o irmão mais velho, sabia? O protetor. Aja como um, seu idiota. Cresce e cuida direito da sua vida.

— Não enche meu saco! — rosnou Conrad.

— Encho, sim.

Jeremiah chegou mais perto dele, até estar com o rosto bem próximo do irmão, como eu e Conrad estávamos não fazia nem quinze minutos.

— Eu estou avisando, Jeremiah — alertou Conrad em um tom de voz assustador.

Os dois pareciam cães raivosos, rosnando, cuspindo e rodeando um ao outro. Tinham até se esquecido de mim. Eu me senti como se

Jenny Han

estivesse testemunhando algo que não deveria, como uma espiã. Queria tapar os ouvidos. Em todos esses anos, nunca tinha visto Jeremiah e Conrad brigando daquele jeito. Eles às vezes discutiam, mas nunca daquele jeito. Eu sabia que precisava sair dali, mas não consegui. Fiquei por perto, os braços apertados contra o peito.

— Você é igualzinho ao papai, sabia? — gritou Jeremiah.

Foi então que eu soube que aquela briga não tinha nada a ver comigo. Era muito maior do que qualquer participação que eu pudesse ter. Era sobre algo que eu não fazia ideia.

Conrad empurrou o irmão para longe com força, e Jeremiah o empurrou de volta. Conrad tropeçou e quase caiu, e, quando se endireitou, deu um soco no rosto do irmão. Acho que gritei. Os dois se engalfinharam, batendo, xingando e bufando. Esbarraram na jarra de chá da Susannah, que caiu e quebrou, espalhando bebida para todo lado. A areia se encheu de sangue, mas eu não sabia dizer de qual dos dois.

Eles continuaram brigando em cima dos cacos de vidro, mesmo depois que Jeremiah quase perdeu os chinelos. De vez em quando eu gritava "Parem!", mas eles não me ouviam. Os dois eram muito parecidos — eu nunca tinha notado, mas naquele momento eles pareciam muito irmãos. E continuaram brigando, até que de repente minha mãe apareceu do nada. Acho que ela passou pela outra porta, não sei. Ela simplesmente surgiu ali e separou os dois com uma força impressionante que só as mães têm.

Ela os manteve longe um do outro, uma mão no peito de cada um, e gritou:

— Parem com isso, os dois!

Mas, em vez de irritada, ela parecia triste, prestes a chorar, e minha mãe nunca chora.

Eles estavam ofegantes e nem olharam um para o outro, mas os três estavam conectados. Eles entendiam algo que eu não entendia. Fiquei ali à margem, uma mera testemunha de tudo aquilo. Parecia a época em que eu ia à igreja com Taylor e todo mundo conhecia as músicas, menos eu. As pessoas levantavam os braços e os agitavam no ar, e sabiam todas as letras de cor, mas eu me sentia uma intrusa.

— Vocês dois já sabem, não é? — perguntou minha mãe, soltando-os.

Jeremiah prendeu a respiração, e eu sabia que ele estava se segurando para não chorar. O rosto dele estava começando a ficar roxo. O rosto do Conrad, por outro lado, tinha uma expressão indiferente, como se ele não estivesse presente.

E então, de repente, sua expressão mudou, e ele parecia ter oito anos novamente. Olhei para trás, e Susannah estava parada na porta de casa. Ela usava a camisola branca de algodão e parecia muito frágil.

— Me desculpem — disse, levantando as mãos, indefesa.

Ela foi até os meninos, hesitante, e minha mãe se afastou. Susannah abriu os braços, e Jeremiah se aninhou nela. E, mesmo sendo bem maior do que a mãe, pareceu muito pequeno. O sangue no rosto dele sujou a camisola, mas eles não se afastaram. Jeremiah chorava como não o via chorar desde que Conrad tinha batido a porta do carro na mão dele por acidente, muitos anos antes. Conrad havia chorado tanto quanto Jeremiah naquele dia, mas agora ele não chorava mais. Até deixou Susannah fazer carinho em seu cabelo, mas não chorou.

— Vamos, Belly — chamou minha mãe, pegando minha mão.

Fazia muito tempo que ela não fazia aquilo. Eu a segui como se fosse uma garotinha. Subimos para seu quarto, e ela fechou a porta e se sentou na cama. Eu me sentei ao lado dela.

— O que está acontecendo? — perguntei, hesitante, procurando alguma resposta no rosto dela.

Ela apertou minhas mãos com força, como se fosse ela me segurando, e não o contrário.

— Belly, Susannah está doente de novo.

Fechei os olhos. Eu podia ouvir o barulho do mar, como se estivesse segurando uma concha perto do ouvido. Não podia ser. Não podia ser. Eu estava em qualquer outro lugar menos ali, naquele momento. Estava nadando sob as estrelas, estava na escola, na aula de matemática, estava andando de bicicleta na pista atrás da nossa casa. Eu não estava ali. Aquilo não estava acontecendo.

— Ah, meu chuchuzinho... — Minha mãe suspirou. — Preciso que você abra os olhos, que me escute.

Eu não queria abrir os olhos. Não queria escutar. Nem queria estar ali.

— Ela está doente já tem um tempo. O câncer voltou. E é... é bem agressivo. E se espalhou para o fígado.

Abri os olhos e soltei as mãos dela.

— Para de falar. Ela não está doente. Ela está bem. Ela ainda é a Susannah.

Meu rosto estava molhado, e eu nem tinha percebido que começara a chorar.

Minha mãe assentiu, umedecendo os lábios.

— Você está certa. Ela ainda é a Susannah. E gosta de fazer as coisas do jeito dela. Ela não queria que vocês soubessem, queria que o verão fosse... perfeito.

A voz dela engasgou nessa última palavra e seus olhos se encheram de lágrimas.

Minha mãe me puxou para perto, me apertando junto ao peito, e me ninou. E eu deixei.

— Mas eles sabiam — choraminguei. — Todo mundo sabia, menos eu. Eu era a única que não sabia, e eu amo a Susannah mais que todo mundo.

Não era verdade, eu sabia. Jeremiah e Conrad a amavam mais do que tudo. Mas parecia verdade. Eu queria dizer a minha mãe que estava tudo bem, que Susannah tinha tido câncer uma vez e que tinha ficado boa. Ela ficaria boa de novo. Mas se eu falasse aquilo em voz alta, seria como admitir que ela realmente estava com câncer, que aquilo estava mesmo acontecendo.

E eu não conseguia admitir.

★ ★ ★

Naquela noite, fiquei chorando na cama. Meu corpo inteiro doía. Abri a janela do quarto e me deitei no escuro, ouvindo o barulho do mar. Desejei que uma onda me levasse para longe e nunca mais me trouxesse de volta. Eu me perguntava se era assim que Conrad estava se sentindo, que Jeremiah estava se sentindo. Se era assim que minha mãe estava se sentindo.

Parecia que o mundo estava acabando e que nada mais seria como antes. Estava. E não seria.

43

QUANDO ÉRAMOS PEQUENOS, A CASA VIVIA CHEIA — DE PESSOAS COMO meu pai, o Sr. Fisher e outros amigos —, então Jeremiah e eu dormíamos na mesma cama, e Conrad e Steven compartilhavam a outra. Minha mãe nos cobria, prendendo o edredom embaixo de nós. Os meninos fingiam que estavam velhos demais para aquilo, mas eu sabia que gostavam tanto quanto eu da sensação de estar enrolado como em um casulo. Eu ficava deitada na cama, ouvindo a música que vinha do andar de baixo, e Jeremiah e eu contávamos histórias de terror em voz baixa até pegarmos no sono. Ele sempre dormia primeiro. Eu tentava beliscá-lo para mantê-lo acordado, mas nunca funcionava. Da última vez que isso aconteceu, acho que foi quando me senti segura pela última vez. Como se tudo estivesse no lugar certo.

Na noite da briga dos meninos, eu bati à porta do quarto de Jeremiah.

Ele estava deitado na cama, olhando para o teto, as mãos entrelaçadas atrás da cabeça. O rosto estava molhado, e os olhos, vermelhos e cheios de lágrimas. Havia uma mancha cinza-amarelada em seu olho direito, que já começava a inchar. Quando me viu, ele esfregou os olhos com as costas das mãos.

— Oi — falei. — Posso entrar?

Ele se sentou.

— Sim, tudo bem.

Andei até ele e me sentei na beirada da cama, apoiando as costas na parede.

— Eu sinto muito — comecei.

Tinha ensaiado o que dizer, e como dizer, para que ele soubesse quanto eu lamentava tudo aquilo. Mas comecei a chorar e estraguei tudo.

Jeremiah estendeu a mão e apertou meu ombro, sem jeito. Ele não conseguia nem olhar para mim, o que de certa forma facilitava as coisas.

— Não é justo — falei, e comecei a chorar.

— Pensei nisso o verão inteiro. Em como este provavelmente é o último verão. Este é o lugar preferido dela, sabe? Eu queria que fosse perfeito, mas o Conrad estragou tudo. Ele foi embora. Minha mãe está tão preocupada, e esta é a última coisa de que ela precisa: ficar preocupada com o Conrad. Ele é a pessoa mais egoísta do mundo, depois do meu pai.

Ele também está sofrendo, pensei, mas não disse, porque aquilo não ia ajudar em nada. Então apenas falei:

— Eu queria ter ficado sabendo. Se eu estivesse prestando atenção, seria diferente.

Jeremiah balançou a cabeça.

— Ela não queria que você soubesse. Não queria que nenhum de nós soubesse. Como era o que ela queria, fingimos não saber. Por ela. Mas eu queria poder ter contado a você. Talvez tivesse sido mais fácil.

Ele enxugou os olhos com o colarinho da camiseta, e percebi que estava se esforçando para se manter firme, para ser forte.

Estendi a mão para abraçá-lo e ele estremeceu. Algo pareceu se quebrar dentro dele, e Jeremiah começou a chorar muito, mas em silêncio. Nós dois choramos juntos, nossos ombros tremendo com o impacto de tudo aquilo. Ficamos chorando assim por um longo tempo. Quando paramos, ele se afastou de mim e assoou o nariz.

— Chega pra lá — mandei.

Ele chegou mais para perto da parede e eu me deitei ao lado dele, esticando as pernas.

— Vou dormir aqui — anunciei.

Não era uma pergunta.

Jeremiah assentiu, e dormimos daquele jeito mesmo, sem nem trocar de roupa, em cima da colcha da cama. Mesmo depois de tanto tempo, parecia que nada mudara. Dormimos com o rosto colado um no outro, como quando éramos pequenos.

Acordei cedo na manhã seguinte, quase caindo da cama. Jeremiah estava esparramado, roncando. Eu o cobri com meu lado do edredom, embrulhando-o como se ele estivesse em um saco de dormir, e saí do quarto.

Fui para o meu quarto, e estava com a mão na maçaneta quando ouvi a voz do Conrad.

— Bom dia.

Logo entendi que ele tinha me visto sair do quarto do Jeremiah.

Eu me virei devagar e lá estava ele. Usando as mesmas roupas da véspera, assim como eu. Estava todo amarrotado e balançou um pouco o corpo. Parecia prestes a vomitar.

— Você está bêbado?

Ele deu de ombros, como se não ligasse, mas seus ombros estavam tensos e rígidos.

— Você não deveria ser legal comigo? Assim como foi legal com o Jere ontem à noite? — perguntou, em um tom malicioso.

Abri a boca para me defender, para dizer que nada acontecera, que tínhamos só chorado juntos até dormir, mas preferi não falar nada. Conrad não merecia explicação.

— Você é a pessoa mais egoísta que eu conheço — falei, devagar, pronunciando bem as palavras. Deixei que cada sílaba ecoasse no ar. Eu nunca quis tanto magoar alguém. — Nem acredito que um dia cheguei a pensar que amava você.

Ele empalideceu. Abriu a boca, então fechou. Depois abriu e fechou de novo. Nunca tinha visto Conrad sem saber o que dizer.

Fui novamente para o meu quarto. Era a primeira vez que eu tinha a última palavra com Conrad. Enfim o superara. Eu me sentia livre, mas uma liberdade que havia sido conquistada a um preço muito alto. Que direito eu tinha de magoá-lo daquela maneira, quando ele já estava tão machucado? Aliás, que direito eu tinha de fazer aquilo? Ele estava sofrendo tanto quanto eu.

O VERÃO QUE MUDOU MINHA VIDA

Quando voltei para a cama, entrei debaixo das cobertas e chorei ainda mais, mesmo pensando que não tinha mais lágrimas. Estava tudo errado.

Como eu pude passar o verão inteiro pensando em garotos, nadar e pegar sol, enquanto Susannah estava doente? Como? Era impossível pensar na vida sem Susannah. Era inconcebível. Eu não conseguia nem imaginar. Eu não conseguia nem pensar em como era para Conrad e Jeremiah. Era a mãe deles.

Naquela manhã, não consegui nem sair da cama. Dormi até as onze, depois continuei deitada. Tive medo de descer e dar de cara com Susannah. Ela logo perceberia que eu já sabia de tudo.

Por volta do meio-dia, minha mãe entrou no quarto sem bater.

— Bom dia, flor do dia — cumprimentou, examinando minha bagunça.

Ela pegou um short e uma camiseta e começou a dobrá-los.

— Eu ainda não estou preparada pra sair da cama — avisei, me virando.

Eu estava com raiva dela, como se ela tivesse me enganado. Minha mãe devia ter me contado. Devia ter me alertado. Eu havia passado a vida toda pensando que minha mãe nunca mentia. Mas ela mentia. Todas as vezes que ela e Susannah diziam estar fazendo compras, ou visitando museus, ou passeando... nada disso era verdade. Elas estavam em consultas médicas e hospitais. Eu agora entendia. Queria ter entendido antes.

Minha mãe se sentou na beirada da minha cama e coçou minhas costas. Eu gostava de sentir suas unhas passando na minha pele.

— Você precisa sair da cama, Belly — disse, muito calma. — Você está viva, e Susannah também. Você precisa ser forte por ela. Ela precisa de você.

Minha mãe tinha razão. Se Susannah precisava de mim, então havia algo que eu podia fazer.

— Posso fazer isso — falei, me virando para ela. — Só não entendo como o Sr. Fisher pôde deixá-la, logo quando ela mais precisa dele.

Minha mãe olhou para longe, pela janela, então se virou de novo para mim.

— Beck quis desse jeito. E Adam é assim. — Ela apertou minhas bochechas. — Não cabe a nós decidir isso.

Susannah estava na cozinha fazendo muffins de mirtilo. Estava inclinada sobre a bancada, batendo a massa em uma grande tigela de metal. Vestia uma de suas camisolas de algodão, e me dei conta de que ela tinha usado aquelas camisolas o verão inteiro porque eram largas. Escondiam como seus braços estavam finos e como as saboneteiras estavam saltadas.

Susannah ainda não tinha me visto, e me senti tentada a fugir antes que ela se virasse. Mas não fugi. Não consegui.

— Bom dia, Susannah — falei.

Minha voz pareceu diferente, alta e falsa.

Ela levantou a cabeça, me encarando.

— Já passou do meio-dia. Acho que não vale mais dar bom-dia.

— Boa tarde, então.

Eu me encostei na porta.

— Você também está com raiva de mim? — perguntou ela, em um murmúrio, e seus olhos pareciam apreensivos.

— Nunca ficaria com raiva de você — respondi, me aproximando por trás dela e a abraçando na altura da barriga.

Aninhei a cabeça no espaço entre seu pescoço e o ombro. Ela cheirava a flores.

— Você vai cuidar dele, não vai? — perguntou ela, ainda naquela voz baixinha.

— De quem?

Senti que ela estava sorrindo.

— Você sabe.

— Sei — sussurrei, ainda a abraçando apertado.

— Que bom. — Susannah soltou um suspiro. — Ele precisa de você.

Não perguntei quem era "ele". Não precisava.

— Susannah?

— Hum?

— Quero que você me prometa uma coisa.

— Qualquer coisa.

— Prometa que nunca vai me deixar.

— Eu prometo — disse ela, sem hesitar.

Dei um suspiro e a soltei.

— Quer ajuda com os muffins?

— Quero, por favor.

Eu a ajudei a fazer a cobertura crocante com açúcar mascavo, manteiga e aveia. Tiramos os muffins do forno cedo demais, porque não aguentamos esperar, e comemos enquanto ainda estavam soltando fumaça, meio crus no meio. Eu comi três. Sentada ali com Susannah, vendo-a passar manteiga em seu bolinho, senti como se ela fosse viver para sempre.

Por algum motivo começamos a falar sobre bailes de formatura. Susannah adorava falar de coisas de menina. Ela dizia que eu era a única pessoa com quem podia conversar sobre aquilo. Minha mãe não se interessava pelo assunto, nem Conrad e Jeremiah. Só eu, sua filha postiça.

— Não se esqueça de me mandar fotos do seu primeiro baile — pediu.

Eu ainda não tinha ido a nenhum baile ou festa do colégio. Ninguém havia me convidado, e eu não tinha muita vontade de ir. A única pessoa com quem eu queria realmente ir não estudava na minha escola.

— Vou mandar. Vou usar aquele vestido que você me deu no verão passado — disse a ela.

— Que vestido?

— O daquele dia no shopping, o lilás. Você e minha mãe brigaram por causa dele, lembra? Depois você o colocou na minha mala.

Ela franziu o cenho, confusa.

— Eu não comprei vestido nenhum. Laurel daria um chilique. — O rosto dela se iluminou, e então sorriu. — Sua mãe deve ter voltado na loja e comprado pra você.

— Minha mãe?

Minha mãe nunca faria uma coisa dessas.

— Sim, sua mãe. É a cara dela.

— Mas ela nunca disse nada... — Minha voz falhou.

Eu nem tinha considerado a possibilidade de minha mãe ter comprado o vestido.

— Ela não diria. Ela não é assim. — Susannah se inclinou por cima da mesa e pegou minha mão. — Você é a garota mais sortuda do mundo por tê-la como mãe. Você sabe disso.

O céu estava cinzento, e o ar, frio. Ia chover.

Tinha tanta neblina lá fora que levei um minuto para localizá-lo. Finalmente consegui avistá-lo, a cerca de um quilômetro. Ele sempre vinha pela praia. Estava lá sentado, os joelhos junto ao peito. Ele não olhou para mim quando me sentei ao seu lado. Continuou olhando para o mar.

Seus olhos pareciam dois abismos; não havia nada neles. O garoto que eu pensava conhecer tão bem não existia mais. Ele parecia tão perdido, sentado ali. Senti aquela velha força que me atraía para ele, aquele desejo de compartilhar a vida com ele, de modo que, não importava em que lugar do mundo ele estivesse, eu estaria junto. Eu o encontraria e o levaria para casa. E cuidaria dele, como Susannah queria.

Fui a primeira a falar.

— Desculpa. Eu sinto muito, de verdade. Se eu soubesse...

— Por favor, para de falar — pediu ele.

— Desculpa — sussurrei, começando a me levantar.

Eu sempre falava a coisa errada.

— Fica — disse Conrad, e seus ombros desabaram, assim como o rosto.

O VERÃO QUE MUDOU MINHA VIDA

Ele escondeu o rosto com as mãos, e pareceu ter cinco anos de novo. Nós dois tínhamos cinco anos de novo.

— Eu estou tão chateado com ela... — comentou ele, cada palavra saindo como uma lufada de ar.

Ele abaixou a cabeça, os ombros encurvados. Finalmente estava chorando.

Eu o observei em silêncio. Sentia como se estivesse invadindo um momento particular, algo que ele nunca me deixaria ver se não estivesse tão triste. O antigo Conrad gostava de estar no controle.

Senti aquele velho empuxo, a correnteza me levando de novo. Continuava presa àquela corrente — a do primeiro amor. O primeiro amor continuava me trazendo de volta a isso, a ele. Eu ainda perdia o fôlego só de ficar perto dele. Tinha passado a noite anterior pensando que o superara, pensando que eu estava livre, que o tinha esquecido. Só que não importava o que ele dissesse ou fizesse: eu nunca o esqueceria.

Eu me perguntei se era possível acabar com a dor de alguém com um beijo. Porque era isso que eu queria fazer: tirar dele toda dor e sofrimento, confortá-lo, trazer de volta o menino que eu conhecia. Estiquei a mão e toquei a nuca dele. Conrad se inclinou para a frente, em um movimento quase imperceptível, mas não tirei a minha mão. Eu a deixei ali, acariciando a parte de trás do cabelo dele, então o puxei pela nuca, fazendo ele se virar para mim, e o beijei. O beijo começou hesitante, mas então ele correspondeu, e estávamos nos beijando. Os lábios dele eram quentes e desesperados. Conrad precisava de mim. Minha mente se esvaziou, e eu só conseguia pensar: *Estou beijando o Conrad Fisher, e ele está retribuindo.* Susannah estava morrendo, e eu estava beijando o Conrad.

Foi ele quem parou.

— Desculpa — disse, rouco.

Toquei meus lábios com as costas da mão.

— Pelo quê?

Eu não consegui evitar prender a respiração.

— Não pode ser assim. — Ele parou de falar, então recomeçou. — Eu penso em você. Você sabe. Só que eu não posso... Você pode... Pode ficar aqui comigo?

Fiz que sim com a cabeça. Estava com medo de abrir a boca.

Peguei a mão dele e a apertei, e essa pareceu a coisa mais certa que eu fazia em muito tempo. Ficamos sentados na areia, de mãos dadas, como se fosse algo que sempre fazíamos. Começou a chover bem fraquinho. Os primeiros pingos caíram na areia espalhando grãozinhos para longe.

Então a chuva apertou. Eu queria me levantar e voltar para dentro de casa, mas não consegui dizer isso a Conrad. Então fiquei sentada ali com ele, de mãos dadas, sem falar nada. Todo o resto parecia muito distante, e só nós dois existíamos.

O VERÃO QUE MUDOU MINHA VIDA

44

PERTO DO FIM DO VERÃO, TUDO PARECEU DESACELERAR, SE ENCAMINHAR para uma conclusão. Era como quando nevava. Certa vez houve uma grande nevasca, e ficamos duas semanas sem aulas. Depois de um tempo, tudo que você quer é sair de casa, mesmo que seja para ir à escola. Ficar na casa de praia era meio que isso. Mesmo o paraíso pode ser sufocante às vezes. Tinha um limite para quantas vezes dava para ficar na praia sem fazer nada antes de sentir que já era hora de acabar com aquilo. Eu sempre me sentia assim quando faltava uma semana para irmos embora. E, claro, quando a hora realmente chegava, nunca me sentia pronta. Queria ficar para sempre. Era tipo em *Ardil-22*, uma contradição em termos. Assim que entrávamos no carro, a caminho de casa, tudo que eu queria era saltar e correr de volta para a casa de praia.

Cam me ligou duas vezes, mas não atendi nenhuma. Deixei cair na caixa postal. Na primeira vez, ele não deixou mensagem. Na segunda, disse: "Oi, sou eu, Cam… Espero que a gente consiga se ver antes de irmos embora. Mas, se não conseguirmos… Bem, foi legal conhecer você. Bom, é isso. Liga pra mim, se quiser."

Eu não sabia o que dizer a ele. Eu amava Conrad e provavelmente sempre amaria. Passaria minha vida inteira o amando, de um jeito ou de outro. Talvez eu me casasse, talvez tivesse uma família, mas nada disso teria importância, porque um pedaço do meu coração, o pedaço onde os verões ficam guardados, sempre seria do Conrad. Como dizer isso a Cam? Como dizer que ele também teria um pedaço do meu coração? Ele foi o primeiro garoto que disse que eu era bonita, e aquilo significava alguma coisa. Mas eu não era capaz de dizer nada daquilo a ele, então fiz a única coisa em que pude pensar: me afastei. Não retornei a ligação.

Com Jeremiah foi mais fácil — e com isso quero dizer que ele pegou leve comigo. Não me pressionou, só fingiu que nada havia acontecido, que a conversa na sala de TV nunca tinha existido. Ele voltou a contar piadas e a ser o Jeremiah de sempre.

Eu finalmente entendi Conrad. Quer dizer, eu entendi o que ele quis dizer quando falou que não conseguia lidar com tudo aquilo, comigo. Eu também não conseguia. Só queria passar cada segundo na casa de praia com Susannah. Aproveitar até a última gota do verão e fingir que aquele era igual a todos os verões que já tínhamos passado juntos. Era tudo que eu queria.

45

Eu detestava a véspera da partida, porque era dia de faxina e, quando éramos pequenos, éramos proibidos de ir à praia, para não levarmos areia para dentro de casa. Lavávamos toda a roupa de cama e varríamos a areia, colocávamos todas as pranchas e boias no porão, limpávamos a geladeira e preparávamos sanduíches para comer na viagem. Minha mãe assumia o comando esses dias. Ela fazia questão. "Assim fica tudo pronto pra próxima vez", dizia. O que ela não sabia era que Susannah contratava faxineiras depois que saíamos e antes que voltássemos no ano seguinte.

Peguei Susannah ligando para a empresa de limpeza uma vez, agendando uma visita. Ela cobriu o bocal do telefone com a mão e sussurrou, culpada: "Não conte pra sua mãe, Belly, está bem?"

Fiz que sim com a cabeça. Era um segredo nosso, e eu gostava daquilo. Minha mãe gostava de limpar a casa e não acreditava que faxineiras ou empregados devessem fazer aquilo que ela considerava nosso trabalho. Ela sempre perguntava: "Você pediria a outra pessoa que escovasse seus dentes ou amarrasse seu cadarço só porque pode pagar?" A resposta era não.

"Não ligue tanto pra areia", sussurrava Susannah, quando me via entrando na cozinha com uma vassoura pela terceira vez. Eu varria mesmo assim. Sabia o que minha mãe diria se pisasse em um grãozinho que fosse.

Naquela noite, no jantar, comemos todas as sobras que restavam na geladeira. Era uma tradição. Minha mãe assou duas pizzas congeladas, requentou yakisoba e arroz chinês, fez uma salada aproveitando os tomates e uma alface murcha. Também tinha um pouco de sopa de mexilhões e umas costelinhas de porco, além da salada de batatas que Susannah fizera mais de uma semana antes. Era uma mistureba de comida velha que ninguém queria.

Mas todo mundo comeu. Nós nos sentamos à mesa da cozinha, examinando as travessas cobertas com papel-alumínio. Conrad ficava me olhando; toda vez que eu olhava de volta, ele desviava o olhar. Queria dizer a ele que eu estava ali, que sempre estaria.

Estávamos todos quietos quando Jeremiah quebrou o silêncio, como alguém que quebra a casquinha de um *crème brûlée*.

— Esta salada de batatas tem gosto de mau hálito — reclamou.

— Deve ser sua boca — retrucou Conrad.

Todos rimos, e foi um alívio. Porque tínhamos do que rir. Porque era diferente de tristeza.

Então Conrad anunciou:

— Esta costelinha está mofada.

E começamos a rir de novo. Parecia que eu não ria fazia muito tempo.

Minha mãe revirou os olhos.

— Mofo não mata, é só raspar. Dá aqui pra mim. Eu como.

Conrad ergueu as mãos, como se estivesse se rendendo, depois equilibrou a costelinha com o garfo e a depositou no prato da minha mãe, fazendo firula.

— Bom proveito, Laurel.

— Você mima demais esses garotos, Beck — reclamou minha mãe, e tudo parecia normal novamente, como uma noite qualquer.
— Belly foi criada comendo sobras, não foi, chuchuzinho?

— Fui. Fui uma criança negligenciada, alimentada apenas com comida velha que ninguém mais queria.

Minha mãe segurou um sorrisinho e empurrou a salada de batatas para mim.

— Mimo mesmo — disse Susannah, fazendo carinho no ombro de Conrad e depois na bochecha de Jeremiah. — Eles são uns anjinhos. Por que eu não os mimaria?

Os meninos se entreolharam por um segundo. Então Conrad falou, esticando os braços para bagunçar o cabelo do irmão:

— Eu sou um anjinho. Jere está mais pra um querubim.

Jeremiah afastou a mão dele.

— Conrad não tem nada de anjo. É um demônio.

Era como se a briga não tivesse existido. Garotos são assim: eles brigam e depois esquecem.

Minha mãe pegou a costelinha que Conrad tinha passado para ela, examinou a carne e largou.

— É, não dá pra comer isto mesmo — anunciou, com um suspiro.

— Mofo não mata — declarou Susannah, rindo e tirando o cabelo da frente dos olhos. Ela ergueu o garfo. — Sabe o que mata?

Todos a encaramos.

— Câncer — disse, triunfante.

Susannah tinha a melhor cara de paisagem do mundo. Sustentou a expressão impassível por quatro segundos antes de explodir em uma gargalhada. Afagou o cabelo de Conrad até que ele finalmente esboçou um sorrisinho. Dava para ver que ele não queria sorrir, mas sorriu. Por ela.

— Ouçam. Vai ser assim. Eu vou ao meu acupunturista. Vou tomar os remédios. Vou continuar lutando contra isso da melhor maneira possível. Meu médico diz que, a esta altura, é o máximo que posso fazer. Eu me recuso a envenenar ainda mais meu corpo ou a passar mais tempo em hospitais. Quero ficar com as pessoas que importam pra mim, ok?

Ela nos olhou.

— Ok — respondemos, ainda que aquilo não parecesse nem um pouco ok. Nunca seria ok.

Susannah continuou:

— Quando eu for embora, não quero ter a aparência de alguém que passou a vida inteira em um hospital. Quero pelo menos estar bronzeada. Tão bronzeada quanto a Belly.

Ela apontou para mim com o garfo.

— Beck, você vai precisar de mais tempo para ficar tão bronzeada quanto a Belly. Não dá pra conseguir essa cor em um único verão. Minha filha não nasceu bronzeada, levou anos pra ficar assim. E você ainda não está pronta — ponderou minha mãe, falando de maneira simples e lógica.

Susannah ainda não estava pronta. Nenhum de nós estava.

Depois do jantar, cada um foi arrumar sua mala. A casa ficou silenciosa — silenciosa até demais. Fiquei no meu quarto, guardando roupas, sapatos e livros na mala. Até que chegou a vez de guardar meu maiô. Eu ainda não estava pronta. Queria dar mais um mergulho.

Coloquei o maiô e fiz dois bilhetes, um para Jeremiah e outro para Conrad. Em cada um deles escrevi: "Mergulho à meia-noite. Me encontre em dez minutos." Deslizei um bilhete embaixo da porta do quarto de cada um e desci a escada correndo o mais rápido que consegui, a toalha balançando atrás de mim como uma bandeira. Eu não podia deixar que o verão terminasse daquele jeito. Não podíamos ir embora sem compartilhar pelo menos um momento feliz juntos.

A casa estava escura, e andei até o quintal sem acender as luzes. Não precisava, eu sabia o caminho de cor.

Assim que cheguei do lado de fora, mergulhei na piscina. Foi mais um pulo de barriga que um mergulho. O último do verão, talvez o último da minha vida — pelo menos naquela casa. A lua estava branca e brilhante, e fiquei esperando pelos garotos boiando de costas, contando estrelas e ouvindo o barulho do mar. Quando a maré estava baixa como naquela noite e as ondas sussurravam e gorgolejavam, parecia uma canção de ninar. Eu queria viver aquele momento para sempre. Como se estivesse em um daqueles globos de neve. Um momento congelado no tempo.

Os garotos da Beck chegaram juntos. Deviam ter se encontrado na escada. Estavam usando seus calções de banho. Eu me dei conta de que não tinha visto Conrad de calção o verão inteiro, que não ficávamos juntos na piscina desde o primeiro dia. E, com Jeremiah, eu tinha nadado apenas no mar, e só umas duas vezes. Quase não havia nadado naquele verão, só com Cam ou sozinha. Pensar naquilo me deixou extremamente triste. Aquele poderia ter sido nosso último verão e quase não tínhamos nadado juntos.

— Oi — cumprimentei, ainda boiando de costas.

Conrad mergulhou o dedo do pé na água.

— Não está meio frio pra nadar?

— Medroso! — gritei. — Pule na água e acabe logo com isso.

Eles se entreolharam. Então Jeremiah correu e se jogou na piscina como uma bomba, e Conrad fez o mesmo. Eles espalharam duas montanhas de água e eu engoli vários litros, porque estava rindo, mas não liguei.

Nadamos até a parte funda da piscina, e fiquei batendo os pés para me manter na superfície. Conrad esticou o braço e tirou minha franja da frente dos olhos. Foi um gesto sutil, mas Jeremiah viu. Ele se virou, nadando até a borda da piscina.

Fiquei meio triste por um segundo, mas então, de repente, do nada, a lembrança me veio à mente. Uma memória guardada em meu coração como uma folha seca no meio de um livro. Levantei os braços e comecei a girar em círculos, como uma bailarina aquática.

Rodando, comecei a recitar:

— Maggie, Milly, Molly e May / Foram à praia passear outra vez / Maggie encontrou uma concha encantada / E seus problemas sumiram no que a concha cantava. / Milly brincou com uma estrela solitária / Os cinco bracinhos moles, na areia esticados...

Jeremiah riu.

— Molly só viu um monstro terrível / que a perseguiu com um sopro de bolhas temível. / May voltou com uma pedra redonda / pequena e solitária como o mundo que a ronda...

Então, até Conrad se juntou no fim do poema, quando falamos, ao mesmo tempo:

— Mas não importa quanto ou no que nos percamos / é sempre no mar que nos encontramos.

Fez-se um silêncio, ninguém disse uma palavra.

Era o poema preferido da Susannah. Ela nos ensinara quando éramos crianças, havia muito tempo, em uma de suas caminhadas pela natureza, enquanto nos mostrava conchas e águas-vivas. Naquele dia, andamos pela praia, de mãos dadas, e recitamos o poema, falando tão alto que eu achei que iríamos acordar os peixes. Sabíamos aquele poema de cor, assim como sabíamos o juramento à bandeira.

— Esse pode ser nosso último verão aqui — comentei, de repente.

— Sem chance — discordou Jeremiah, boiando ao meu lado.

— Conrad vai para a faculdade, e você para o acampamento de futebol... — lembrei.

Ainda que o fato de Conrad ir para a faculdade e Jeremiah para as duas semanas de acampamento não tivesse nada a ver com o fato de que não voltaríamos no próximo verão, não mencionei o que nós estávamos pensando: que Susannah estava doente, que ela poderia não ficar boa, que *ela* era o laço que nos mantinha unidos.

Conrad balançou a cabeça.

— Não importa. Sempre vamos voltar.

Por um momento, eu me perguntei se ele estava se referindo apenas a ele e a Jeremiah, mas então ele completou:

— Todos nós.

Fiquei em silêncio outra vez, até que tive uma ideia.

— Vamos fazer um redemoinho! — falei, batendo palmas.

— Você é uma criança — resmungou Conrad, sorrindo para mim e balançando a cabeça.

Pela primeira vez, não me importei que ele me chamasse de criança. Senti como se fosse um elogio.

Fui até o meio da piscina.

— Venham, garotos!

Eles nadaram até mim, então fizemos uma roda, dando as mãos, e começamos a girar o mais rápido que podíamos.

— Mais rápido! — gritou Jeremiah, rindo.

Então paramos e deixamos nossos corpos serem levados pelo redemoinho, como sempre fazíamos. Joguei a cabeça para trás e deixei a água me levar.

46

Não reconheci a voz quando ele ligou, em parte porque eu não estava esperando e em parte porque eu ainda estava meio dormindo.

— Estou no carro, a caminho da sua casa. Podemos nos ver? — perguntou.

Era meia-noite e meia. Boston ficava a cinco horas e meia de distância. Ele tinha dirigido a noite inteira. Porque queria me ver.

Pedi a ele que estacionasse no fim da rua, dizendo que o encontraria na esquina depois que minha mãe fosse dormir. Ele disse que ia esperar.

Apaguei as luzes e fiquei esperando na janela, prestando atenção nos faróis. Tive vontade de ir correndo assim que avistei o carro dele, mas precisava esperar. Ainda podia ouvir minha mãe vagando para lá e para cá no quarto dela, e sabia que ficaria lendo na cama por pelo menos meia hora antes de pegar no sono. Era uma tortura saber que ele estava logo ali, me esperando, e eu não podia ir ao encontro dele.

No escuro, coloquei o cachecol que minha avó tinha tricotado para mim no Natal. Então fechei a porta do quarto e fui pisando na ponta dos pés pelo corredor, até o quarto da minha mãe, e encostei a orelha na porta. A luz estava apagada, e pude ouvi-la roncando baixinho. Para minha sorte, Steven sequer havia chegado em casa — ainda bem, porque ele tinha o sono leve como o do nosso pai.

Minha mãe finalmente estava dormindo, a casa estava quieta e silenciosa. Nossa árvore de Natal ainda estava montada. Deixávamos as luzinhas acesas a noite toda, porque aquilo me fazia sentir que ainda era Natal, como se a qualquer minuto Papai Noel pudesse aparecer com presentes. Não deixei um bilhete para minha mãe. Eu ligaria para ela pela manhã, quando acordasse e procurasse por mim.

Desci a escada lentamente, tomando o cuidado de evitar o degrau do meio, que rangia, mas, assim que me vi do lado de fora, corri pelos degraus da entrada e atravessei o jardim congelado. A grama quebrava sob a sola dos meus tênis. Eu tinha me esquecido de vestir um casaco. Só me lembrei do cachecol, mas não do casaco.

O carro de Conrad estava na esquina, bem onde eu achei que estaria. Estava todo apagado, e abri a porta do lado do passageiro como se já tivesse feito aquilo um milhão de vezes. Mas não tinha. Eu nunca havia estado dentro daquele carro. Eu não o via desde agosto.

Enfiei a cabeça para dentro, mas não entrei. Queria olhar para ele primeiro. Era inverno, e ele vestia uma camisa de flanela cinza. O rosto estava rosado por causa do frio; o bronzeado já tinha desbotado, mas ele parecia o mesmo de sempre.

— Oi — cumprimentei, entrando no carro.

— Você está sem casaco — observou ele.

— Não está tão frio assim — respondi, embora estivesse, e apesar de eu estar tremendo ao dizer isso.

— Toma — ofereceu ele, tirando a camisa de flanela e me entregando.

Vesti a camisa. Estava quente e não cheirava a cigarro. Tinha o cheiro dele. Então Conrad havia parado de fumar, afinal. Pensar nisso me fez sorrir.

Ele deu partida no motor.

— Não acredito que você está aqui — falei.

— Nem eu. — Ele tinha um ar quase tímido, hesitante. Então hesitou: — Você ainda vem comigo?

Ele nem precisava perguntar. Eu iria a qualquer lugar com ele.

— Sim — respondi.

Era como se nada mais existisse além daquela palavra, além daquele momento. Só havia nós dois. Tudo que tinha acontecido no verão anterior, e em cada verão antes daquele, nos levara até ali. Até agora.

Agradecimentos

Primeiro e sempre, agradeço às mulheres Pippin: Emily van Beek, Holly McGhee e Samantha Cosentino. Obrigada à minha editora extraordinária Emily Meehan, que me apoiou como ninguém, e também a Courtney Bongiolatti, Lucy Ruth Cummins e todo mundo na S&S. Muito obrigada a Jenna, Beverly e à Calhoun School pelo apoio constante à minha carreira de escritora. Agradeço ao grupo de escrita Longstockings, e a uma pessoa em particular, que se encontrou comigo toda segunda-feira e me apoiou — é você mesmo, Siobhan! E obrigada a Aram, que me inspirou a escrever sobre a amizade eterna, do tipo que vai além de namorados, praias, filhos e vidas.

NÃO PERCA A SEQUÊNCIA DA HISTÓRIA DE BELLY

intrinseca.com.br

@intrinseca

editoraintrinseca

@intrinseca

1ª edição	JANEIRO DE 2019
reimpressão	JULHO DE 2025
impressão	BARTIRA
papel de miolo	PÓLEN NATURAL 70 G/M²
papel de capa	CARTÃO SUPREMO ALTA ALVURA 250 G/M²
tipografia	BEMBO